触摸幸福

走向我们的小康生活

《触摸幸福》编写组◎编

新华出版社

图书在版编目（CIP）数据

触摸幸福：走向我们的小康生活 /《触摸幸福：走向我们的小康生活》编写组编.
－－ 北京：新华出版社, 2020.11

ISBN 978－7－5166－5537－5

Ⅰ.①触… Ⅱ.①触… Ⅲ.①新闻报道－作品集－中国－当代
Ⅳ.①I253

中国版本图书馆CIP数据核字(2020)第223812号

触摸幸福：走向我们的小康生活

编　　者：	《触摸幸福：走向我们的小康生活》编写组		

责任编辑：赵怀志　沈文娟　祝玉婷　许兼畅　　封面设计：刘宝龙

出版发行：新华出版社
地　　址：北京石景山区京原路8号　　　　　　邮　　编：100040
网　　址：http://www.xinhuapub.com
经　　销：新华书店、新华出版社天猫旗舰店、京东旗舰店及各大网店
购书热线：010－63077122　　　　中国新闻书店购书热线：010－63072012

照　　排：六合方圆
印　　刷：三河市君旺印务有限公司

成品尺寸：170mm×240mm
印　　张：21.25　　　　　　　　　字　　数：240千字
版　　次：2021年1月第一版　　　　印　　次：2021年1月第一次印刷

书　　号：ISBN 978－7－5166－5537－5
定　　价：68.00元

携手奋斗奔小康

——2020，吹响决胜全面小康的号角

小康，饱含着中华民族对幸福的憧憬和期盼。

实现全面小康，凝聚着中国共产党为人民利益而奋斗的初心使命。

经历不懈跋涉与求索，穿越无数艰辛与坎坷，全面建成小康社会进入决胜之年。

2020年已经过半，面对艰巨繁重的任务，面对前所未有的挑战，如期全面建成小康社会的决胜号角更加嘹亮高亢。

这是铭刻历史的决胜之年——全面小康取得决定性进展，亿万人民奔向美好生活

曾经苦甲天下，如今美丽蝶变，甘肃定西的元古堆村"笑"了。

村里一面照片墙上，定格着58张村民的笑脸。照片里，天水姑娘杜文文笑得格外灿烂，眼睛弯成了月牙。

"2012年1月嫁过来时，脚下的黄土路坑坑洼洼，眼中的土坯房

破旧不堪，爹娘担心我以后的日子怎么过，根本笑不出来。"杜文文回忆说。

那一年召开的党的十八大，提出确保到2020年实现全面建成小康社会宏伟目标。5年后，党的十九大又对全面建成小康社会决胜期的各项工作作出战略部署。

8年来，从坚持以人民为中心的发展思想到贯彻新发展理念，从着力引领经济高质量发展到深化供给侧结构性改革，从奋力打赢脱贫攻坚战到建设美丽中国，我们党团结带领全体人民朝着全面建成小康社会的目标扎实迈进，取得决定性进展。

——从发展指标看，2019年我国经济总量达到99.1万亿元，人均国内生产总值超过1万美元，稳居上中等收入国家行列，与高收入国家差距进一步缩小。

——从人民生活看，2019年全国居民人均可支配收入30733元，贫困人口从2012年年底的9899万人减少到2019年年底的551万人，同时形成了世界上规模最大的中等收入群体。

——从公共服务看，覆盖城乡居民的社会保障体系基本建立，"十三五"前四年城镇新增就业5378万人，党的十八大以来开工建设各类保障性住房和棚改安置住房4000多万套。

非凡进程，沧桑巨变。

宽阔平坦的水泥路连通左邻右舍，甘洌清澈的自来水送入家家户户，红瓦白墙的新农舍拔地而起，杜文文见证了元古堆村8年间的发展进步。

"日子越过越好，我开心了，父母也放心了。"说着说着，杜文文的眼睛又笑成弯月牙。

全面小康，是一个个家庭梦想成真、笑颜绽放的鲜活故事，是千千万万中国人不懈追求、改变命运的奋斗历程。

北京西部，已有百年历史的首钢实现了从传统钢厂向创新园区的转变。在42岁的首钢员工姜金玉眼中，全面小康是工厂搬迁后越来越好的环境，是服务2022年冬奥会后越来越多的发展机遇，是自己从一名天车工变身园区讲解员后越来越舒心的生活。

"全面小康能在我们这代人手里实现，是每一个中国人人生之大幸。"姜金玉说。

图为2020年11月21日拍摄的雪中的北京首钢园。（新华社记者 张晨霖 摄）

这是迎难而上的决战时刻——全力打好深度贫困歼灭战，夺取脱贫攻坚全面胜利

山村的夜晚，静得只听见虫鸣声，云南福贡县匹河怒族乡瓦娃村驻村第一书记普元贵还在忙着入户走访。

"到去年底，村里贫困发生率仍有20%，今年只剩不到200天，时间不等人，攻克最后的贫困堡垒必须绷紧弦、加把劲。"普元贵说。

2020年确保我国现行标准下农村贫困人口实现脱贫、贫困县全部摘帽、解决区域性整体贫困问题，是全面建成小康社会的硬任务、硬指标，没有任何退路和弹性。

福贡县所在的怒江傈僳族自治州属于"三区三州"深度贫困地区。2019年底，"三区三州"贫困人口仍有43万人，贫困发生率为2%。

从"三区三州"到14个集中连片特困地区，全国还有未摘帽贫困县52个、未出列贫困村2707个，虽然总量不大，但都是贫中之贫、困中之困，是最难啃的硬骨头。

国务院扶贫办主任刘永富表示，这些地区大多自然条件恶劣，远离区域经济中心，处于经济链条末端，经济社会发展长期滞后，实现脱贫和巩固脱贫成果难度很大。

新冠肺炎疫情影响下，贫困劳动力外出务工收入减少，产业扶贫增收水平下降，一些扶贫项目没有按时开工，打赢脱贫攻坚战遭遇严峻挑战。

决战时刻，须有关键之举、非常之力——

在广西罗城仫佬族自治县四把镇新安村，谢吉锋是村里最后一个没有稳固住房的贫困户。

两个月前，驻村工作队员再次上门，与他一起商量解决方案。一番推心置腹的交谈后，谢吉锋紧皱的眉头终于舒展开了，很快开始施工，一个月后住进修缮一新的房子。

广西正对48个贫困发生率在10%以上的贫困村挂牌督战，这样"人盯人""人盯项目""人盯工期"的场景是工作常态。

全国范围内，中央明确对52个未摘帽贫困县和贫困人口多、脱贫难度大的1113个贫困村实施挂牌督战，涉及的7个省区都制定了挂牌督战实施方案，所有的县和村都制定了作战方案。

越是临近最终的胜利，越是艰苦卓绝的时刻。

"除了挂牌督战，要对没有劳动能力的特殊贫困人口强化社会保障兜底，优先安排受疫情影响扶贫项目的资金支持，及时落实因疫情返贫致贫人员帮扶和救助措施，努力把疫情造成的影响降到最低，坚决夺取脱贫攻坚全面胜利。"清华大学教授艾四林说。

这是民族复兴的关键一步——跑好全面小康最后一公里，为开启新征程打下良好基础

2014年初，花垣县委派出驻村扶贫工作队；2017年2月，村子宣布实现整体脱贫；2019年，村民人均纯收入增长到14668元……

在精准扶贫"首倡地"湖南湘西十八洞村，三任扶贫工作队队

决胜2020   新华社发 徐骏 作

长带领村民接续奋斗，改变了这座深山苗寨的面貌。

"脱贫并非终点，而是开启新生活的起点，十八洞村将在乡村振兴的道路上越走越宽广。"第三任驻村扶贫工作队队长麻辉煌说。

如期全面建成小康社会，实现第一个百年奋斗目标，是中华民族伟大复兴征程上的一座重要里程碑，将为开启全面建设社会主义现代化强国新征程打下良好基础。

2020年以来，新冠肺炎疫情对我国经济社会运行造成巨大冲击，经济下行压力加大，行业企业运行困难较多，社会民生领域面临较大挑战，给全面建成小康社会带来新问题新考验。

越是形势复杂、任务艰巨，越要凝心聚力、奋勇前进，跑好全面建成小康社会最后一公里。

坚持统筹推进——

2020年5月，我国规模以上工业增加值同比增长4.4%，社会消费品零售总额降幅收窄，3D打印设备、智能手表等产品产量同比增长均在70%以上。

"统筹推进疫情防控和经济社会发展成效继续显现，积极因素逐步增多，国民经济运行延续复苏态势。"国家统计局新闻发言人付凌晖说。

中央党校（国家行政学院）马克思主义学院院长张占斌认为，当前要加快建立同常态化疫情防控相适应的经济社会运行秩序，做好"六稳"工作，落实"六保"任务，为实现全面建成小康社会创造有利条件。

加快补齐短板——

未来之城雄安新区，雄安站建设现场塔吊林立，巨大的站房完成混凝土主体结构封顶，2020年年底将随着京雄铁路的通车投入运营。

从重大工程建设到新型基础设施建设，从完善公共卫生应急管理体系到加大生态环境治理，全面小康进程中的一块块短板正在补齐。

国家发展改革委主任何立峰表示，全面建成小康社会是一个完整、系统、综合性的目标体系。到年底，通过努力，有一部分可以超额完成，有一部分可以全面完成，极少数可以基本完成。

强化民生保障——

城镇新增就业900万人以上，居民医保人均财政补助标准增加30元，新开工改造城镇老旧小区3.9万个……

全面小康，民生为先。面对困难，2020年一项项民生清单紧盯热点焦点，直面群众关切。

在超大城市上海，旧区改造按下快进键，2020年计划完成中心城区成片二级旧里以下房屋改造55万平方米，让2.8万户居民受益。

从城市到乡村，从边疆到南国，今日之中国，追梦步伐如此铿锵。

让我们以志在必得的信心、争分夺秒的状态、攻坚克难的干劲，共襄全面小康的历史盛事。

（新华社北京2020年6月30日电　新华社记者赵超、康淼、侯雪静、杨静）

目 录
CONTENTS

二、攻克深度贫困，尽锐出战攻下坚中之坚

三、走出来，触摸远方的希望与幸福

四、打造人民城市，以高质量发展回应人民新期待

五、乡村振兴新思路，我们的家乡变了样

全面小康，
一个民族也不能少

触摸幸福

那山，那人，那苗寨

——十八洞村三代人的奋斗史

十八洞村的故事，离不开大山。

山，是湘西大地的脊梁，也是人们奔向小康的屏障。

武陵山脉腹地，一个苗族村寨因山中溶洞众多而得名，又因摆脱贫困、走上小康生活而广为人知。它是习近平总书记"精准扶贫"重要论述首倡地——湖南湘西土家族苗族自治州花垣县十八洞村。

困于大山，走出大山，又回归大山……这是十八洞村人与大山的纠缠，是一个村寨与千年贫困的抗争，也是一段为着小康梦想接续奋斗的历史。

山里的抗争

82岁的村民施成富，熟悉十八洞村每一个山洞。

五六十年前，他就是从一个个黢黑幽深的洞里，刨出一担又一担岩灰，一半撒在田里，一半卖到集市，才换回一家人的口粮。

施成富和妻子育有三子一女。家中4亩田，年产大米仅千余斤，压根儿不够吃。

图为2020年6月29日拍摄的湖南湘西土家族苗族自治州花垣县十八洞村梨子寨（无人机照片）。（新华社记者 陈思汗 摄）

这曾是十八洞村人共同面临的困境——"地无三尺平，多是斗笠丘"。人均耕地只有0.83亩，又因地处深山峡谷，日照短暂，多是靠天吃饭的"雷公田"，亩产很低。

"三沟两岔穷疙瘩，每天红薯苞谷粑，要想吃顿大米饭，除非生病有娃娃。"这是施成富自打记事起就会唱的苗歌。

一方水土养不活一方人。要活命，就得找生计。

于是，他扛起锄头，背上扁担、箩筐、筛子和干粮，蹬着草鞋，一头钻进山洞挖岩灰。洞里伸手不见五指，地势险峻，有时还会遇上湍急的暗河，他就用嘴叼着火把，手脚并用地探路。

"越往下，岩灰就越好。"施成富说，优质的岩灰是天然肥料，却往往埋在洞的深处，挖出后，要用筛子仔细筛一遍，质地细密的才卖得出去。

好几次，挖着挖着，头顶突然掉碎石，他和同伴撒开腿就往外跑。安全起见，挖岩灰总要十几个青壮年同行，"洞要是垮下来，就给埋了。要是一个人去，埋了也没人知道。"施成富回忆。

挑着岩灰，沿着崎岖的山路走上3个小时，才能到邻乡集市。100斤岩灰能换10来斤米，却只够施成富一家人吃一天。那时，炒菜会拿根竹签包着布头，伸到油壶里蘸一蘸，再往锅边擦一擦，因为吃不到足够的油盐，壮年劳动力要吃饱，一顿恨不得吃上一斤米。

连续几十年的艰难光景里，施成富常常凌晨4点就出门，天黑了，才挑回一担稻谷、岩灰，背回一捆干柴、木料，第二天挑到集市上，换回一些吃食。

在湘西十八洞村，施成富（左一）和家人一起吃午餐（2020年6月29日摄）。（新华社记者陈思汗 摄）

　　武陵山区是全国14个集中连片特困地区之一。据湘西州志记载，1984年，湘西全州农业总人口中，尚有84%的人口生活在贫困线下，花垣县被列为国家重点扶持的贫困县。

　　苗家有句古话，叫"锄头落地养一家"。走不出大山的"施成富"们，凭一身力气，用一把锄头，开辟了一条活路。

山外的漂泊

　　20世纪90年代，17岁的村民杨正邦揣着苞谷粑，挤上了北去的列车。

　　市场经济的海洋里，人们追风逐浪。十八洞村的年轻人也翻山越

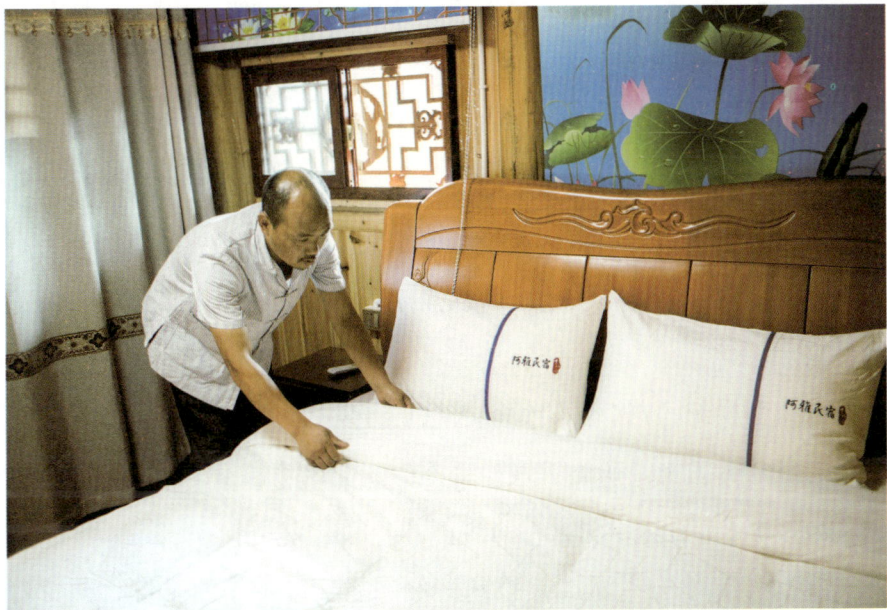

在湘西十八洞村，杨正邦在整理民宿（2020年6月30日摄）。（新华社记者　陈思汗　摄）

岭，去寻找更多机会。

有一年春节，老乡带回一台二手黑白电视机和一件旧棉衣，点燃了杨正邦心里的念头——要去山外的世界闯荡。

那年3月，绿皮火车摇摇晃晃，把杨正邦带到大雪纷飞的沈阳。

老乡帮他在建筑工地找到工作，开砂浆搅拌机，操控升降梯。工地开伙时，他会多抓两个馒头带回蜗居的地下室，藏到枕头边，半夜饿了再吃。

山里人干活儿不怕苦，杨正邦很快得到工友们的认可。大伙儿看他年纪小，给他出主意：去找找电气队队长，跟他学电工，有了手艺就有饭碗。

杨正邦敲开了队长家门。"进了门，一脱鞋，袜子前露脚趾、后露脚跟，脸一下就红了。"多年后，他依然记得当时的窘态。队长看他诚心，收他当了学徒。

边做边学，8年后，杨正邦有了新打算：既然会看图纸了，能不能包点活儿自己干？

就这样，他回到湘西吉首当起了工头。可南方的建筑设计却与东北不同，"看到图纸就懵了。跌跌撞撞干了两年，干不成了。"杨正邦回忆。

进入新世纪，花垣县铅锌矿、锰矿开发如火如荼。杨正邦和村里许多青壮年劳力上了矿山。钱挣得不少，但风险也不小。成家后，他就不想再干"有今天没明天"的活儿了。

2010年，他去了浙江，找到一份网络信号维护的工作，要背着五六十斤的工具爬45米高的信号塔。最多的一天，他爬了10多次。工作数年间，杨正邦的手机信号从2G变成了3G、4G，月工资从800元涨到1800元。

走南闯北这些年，他觉得自己像一只飞出大山的鸟，哪里不受穷，就往哪里飞。四处漂泊，没有方向。

2013年11月3日，习近平总书记在十八洞村首次提出"精准扶贫"重要论述。

看到这则新闻时，"精准扶贫"四个字像一道闪亮的光芒，照在杨正邦心上。

大山的憧憬

2013年，17岁的村民施林娇正在县城读高中。

她揣着借来的学费，搭车到了长沙参加声乐集训，想通过艺考上大学。当时，施林娇的父亲罹患重病，家境拮据。可家里人却不惜一切代价供她念书。

"爸妈都告诉我，有文化才能走得远。"施林娇的心底，藏着"读书改变命运"的渴望，承载着父辈告别深山的梦想。

"山里的孩子，心里都憋着一股劲儿，想考得远一点。"中学时的施林娇，每天清晨5点就起床，跑步、背书、做题，考入了县城最好的高中，后来又实现了"远一点"的心愿，考上浙江音乐学院。

也是那几年，脱贫攻坚的号角吹响，全国各地奔小康的步伐越走越快。

这一次，十八洞村走在了前列。宽阔的水泥路连通了山里和山外，水电网都通了，破旧房屋修葺一新，游客络绎不绝。

象牙塔里的施林娇，不时听到村里的好消息——

施成富爷爷家开起了农家乐，生意火得不得了，买了小轿车，说自己过上了"想都不敢想的好日子"；

杨正邦叔叔从浙江回来了，先是当了义务讲解员和保洁员，又开饭店、建民宿，带头致富；

村里新发展了1000多亩猕猴桃，建了山泉水厂，村集体有钱了，每家每户还能分红；

……

2016年，十八洞村整村脱贫。全村人均年收入从2013年的1668元增长到2019年的14668元。

外出打工的年轻人接连回乡，这让2019年毕业的施林娇动了心。毕业后，她先在城里工作，半年后，辞职回到山里。

突如其来的疫情，偶然开启了施林娇与两名同村返乡大学生的创业历程——"宅"在村里的日子，3位"90后"组建团队，拍视频、开直播，讲述十八洞村的故事，展示苗乡风俗。

镜头里的施林娇穿着苗服，在火塘边切腊肉，在小溪旁洗野菜，在青山脚下唱苗歌，半年收获了10万粉丝。她最近开始尝试"直播带货"，销售山里的腊肉、糍粑、蜂蜜。

关于未来，这个24岁的姑娘有更多畅想。她想把网络直播的事业做大些，有了规模，就能让山货有更好的销路。

面对创业可能遇上的瓶颈，她并不心慌。她知道，网络直播也许不能做一辈子。最近，她买了许多书，打算备考教师资格证，"如果能成为老师，帮更多山里孩子改变命运，不是也很好吗？"

考出大山的施林娇，坚定地回到山里。她知道，自己面前有许多个机会，未来有无数种可能。时代给予她安全感，也给予她更多探索

在湘西十八洞村，十八洞村扶贫队长麻辉煌（左）与返乡大学生施林娇（中）一起直播推销土特产（2020年5月15日摄）。（新华社记者 陈思汗 摄）

的勇气。

衣食足，产业兴，乡村美。一代代十八洞村人接续奋斗的成果，让年轻的"施林娇"们，与巍巍大山有了更深的牵念——他们不惧远行，也不惧归来。

（新华社长沙2020年7月12日电　新华社记者丁锡国、袁汝婷、张玉洁）

迎着东升的红日

——走向小康之路的赫哲族

"乌苏里江来长又长，蓝蓝的江水起波浪，赫哲人撒开千张网，船儿满江鱼满舱……"

传唱半个多世纪的《乌苏里船歌》，形象描绘了赫哲族的劳动生活场景。

赫哲族是我国人口较少的民族之一，世居黑龙江、乌苏里江、松花江流域，因地处祖国东方，被称为"守望太阳的民族"。

从全族仅存300余人到如今的5000多人，从原始渔猎到安居乐业，赫哲族在"全面建成小康社会，一个民族都不能少"的征程中，唱响着新时代的"乌苏里船歌"。

经历沧桑巨变，踏上全面小康路

滔滔黑龙江水，见证着赫哲族的千年沧桑巨变。

新中国成立前，赫哲族仅存300余人。

苦难的日子，让82岁的赫哲族老人何桂香记忆犹新："以前在山上住地窨子，靠打猎捕鱼为生。在船上一待就是十天半个月，夏天被

图为2020年6月16日拍摄的黑龙江省同江市街津口赫哲族乡景象（无人机照片）。（新华社发 张涛 摄）

蚊虫咬得浑身包，秋天冻得手生疼。"

新中国成立后，在党和政府的关怀下，赫哲族人口逐步恢复。

1952年，第一个赫哲族民族村八岔村（互助组）成立。1956年，第一个赫哲族民族乡八岔赫哲族乡成立。

如今，赫哲族聚居地已经形成"三乡五村"格局——同江市街津口赫哲族乡渔业村、同江市八岔赫哲族乡八岔村、双鸭山市饶河县四排赫哲族乡四排村、佳木斯市郊区敖其镇赫哲村、抚远市乌苏镇抓吉赫哲族村，总人口超过5000人。

打鱼，是赫哲族沿袭几千年的谋生手段。但由于过度捕捞，捕鱼量下降，赫哲族生活难以为继。

　　"国家拨给拖拉机，派来技术员，兴修水利，帮我们'洗脚上岸'。"1996年，八岔村尤洪军率先开荒种地，从渔民变为农民。

　　转型是艰辛的。开荒地位于江心岛，冬天，跑冰面运农机；春天，驾小船送农资。

　　昔日杂草丛生的荒岛在汗水的浇灌下变为良田。如今，尤洪军成立了农业合作社，种植大豆、玉米等6000多亩，全年收入120多万元。

　　赫哲族常说，江里有金又有银，就看你手勤不勤。勤劳的赫哲族追逐着致富梦。

　　街津口赫哲族乡渔业村村民赵俊经历多次失败，改良了赫哲族传统烤鱼工艺，在街津口景区打出品牌。

　　八岔村党支部书记尤明国说，致富奔小康已经成为赫哲族人共同的目标，通过苦干实干，2019年村民人均收入2.3万元。

在黑龙江省同江市街津口赫哲族乡，人们穿着赫哲族传统服饰跳舞（2020年6月13日摄）。（新华社发 张涛 摄）

如今的八岔村，一栋栋白墙蓝瓦的新居透着田园风情，旅游已经成为重要支柱产业。白天，赏江景、捕江鱼、滩地野炊；傍晚，伴晚霞、点篝火、随欢快的乐曲一同载歌载舞。

同江市委书记、市长王金说，从渔猎到农耕，再到发展文化旅游等多业并举，赫哲族正在全面小康路上跨步前进。

激活传承千年的民族文化

"在街津口赫哲族乡，有勤劳勇敢的赫哲人。而我站在高高的街津山上，向着东方，迎着太阳，高唱伊玛堪……"

伊玛堪是赫哲族古老的说唱艺术，由于赫哲族只有语言、没有文字，伊玛堪一度面临传承危机。2011年，伊玛堪被联合国教科文组织列入"急需保护的非物质文化遗产名录"。

赫哲族的全面小康，怎能少了传承千年的民族文化？

"守护民族之音，是一场与时间的赛跑。"作为伊玛堪国家级传承人，吴宝臣视其为珍宝。

在八岔赫哲族乡伊玛堪传习所，传承人吴桂凤教唱赫哲族民歌，上至耄耋，下至垂髫，学员们热情高涨。

在吴宝臣家中，手机云台、三脚支架是他购置的网课传播新工具，他还时常约三五好友一起，为创作新时代伊玛堪采风。

赫哲族传统技艺也逐步走进中小学校园，从教37年的赫哲族教师宫福云说，传承从娃娃抓起，为古老文化注入新活力。

尤忠美是赫哲族鱼皮制作技艺传承人，她制作的赫哲族传统鱼皮衣远销国内外，跟随她学习的学生已达40多人。

在黑龙江省佳木斯市郊区敖其镇赫哲村，赫哲族鱼皮制作技艺传承人尤忠美在制作鱼皮服饰（2020年6月19日摄）。（新华社发 张涛 摄）

一张张柔软的鱼皮平整拼接，以细密的针脚绣上典雅的纹样……无论在哪里展出，鱼皮衣总会引起众多关注和赞赏。

"85后"赫哲族青年解永亮从美术学院毕业，回乡成立鱼皮画廊。他将多种艺术手段交叉相融，开创了浮雕、染色、防腐等多种鱼皮加工工艺。

在解永亮看来，挖掘民族底蕴，赋予时代内涵，用鱼皮记录历史，用艺术拥抱生活，就是最好的传承。

唱响新时代"乌苏里船歌"

85岁的赫哲族老人尤桂兰，如今的生活平和闲适。"赫哲族人虽少，但党和国家始终没有忘记我们。没有党的好政策，就没有赫哲族的好生活。"尤桂兰说。

从最初的地窖子、马架子，20世纪五六十年代的泥草房，到七八十年代砖瓦房，九十年代的二层楼，再到如今的花园式洋房，同江市街津口赫哲族乡党委书记王利兵说："赫哲族住房条件不断改善，是政府持续投资建设的结果，也印刻着赫哲族生活变迁的记忆。"

双鸭山市饶河县四排赫哲族乡四排村是《乌苏里船歌》的采风地之一。天色微明，44岁的建档立卡户毕伟君来到村里的基地采摘木耳。

毕伟君因儿子患有软骨症而致贫，但眼下在木耳基地打工一天可收入100元，还有公益岗工资和产业分红。她说："过日子有了底气，我这白头发都少了。"

得益于精准扶贫、乡村振兴等好政策，2019年底赫哲族主要聚居区贫困户均已脱贫。

"别学桦树皮，碰到火就往回卷；要学松明子，挺起腰杆给人照亮。"这句赫哲族谚语，体现在每一名攻坚克难的赫哲族党员身上。

"一条鱼有十几种吃法，炖江鱼、烤鱼干……"在抚远市乌苏镇抓吉赫哲族村，党员曹丽伟带头从老屋搬到新村开办渔家乐。

每天凌晨4时许，曹丽伟夫妻俩就开启一天的忙碌。在他们的带动下，村里7家渔家乐餐厅、宾馆陆续开业。

带头遵守党的纪律、带头创业致富、带头服务群众、带头促进和谐、带头弘扬新风——"五带头"成为当地党员带头、党建引领的生动写照。

榜样的力量，润物无声。

2018年夏天，"90后"大学生尤浩主动放弃机关工作，回到八岔村，创办同江市赫乡田园文化旅游有限公司。

"赫哲族正迎来大发展，广阔乡村大有可为。"尤浩说。

"赫哲族的变迁，是56个民族跨步前进的缩影。"全国人大代表、"80后"赫哲族青年刘蕾说，赫哲族正和全国各族人民像石榴籽一样紧紧相拥，共同奔向美好生活。

（新华社哈尔滨2020年7月3日电　新华社记者李凤双、王春雨、杨思琪、王雨萧，参与记者：杨喆）

走出山林奔小康
——鄂温克族迎来新生活

盛夏时节，大兴安岭腹地草木繁盛。穿过层层叠叠的青松白桦，一排排褐色双层木屋映入眼帘。屋外，老人惬意喝茶；屋内，妇女们烤列巴、做鹿皮画——这里是内蒙古敖鲁古雅鄂温克族乡的猎民新居点。

随着生态移民政策的实施，鄂温克人下山定居，过上现代生活，实现历史性跨越。

从原始狩猎到转型旅游，从离群索居到文化交流，鄂温克族的沧桑巨变，成为各民族携手前行的缩影，在奔向小康的征程中留下精彩篇章。

走出山林，拥抱新生活

"鄂温克"意为"住在大山林中的人们"。鄂温克族是我国人口较少的民族之一，不足4万人，分为索伦、通古斯和使鹿3支部落。

最有特色的使鹿部落居住在根河市敖鲁古雅鄂温克族乡，长期生活在大兴安岭原始森林，世代打猎为生，被称为"中国最后的狩猎

古木森在根河市乌力库玛林场内的驯鹿放养点喂驯鹿（2020年7月13日摄）。（新华社记者贝赫 摄）

部落"。新中国成立前，他们一直保持着原始的生产生活方式：吃兽肉、穿兽皮，住着用木杆和桦树皮搭建的"撮罗子"，过着与世隔绝的生活。

提起曾经的日子，79岁的中妮浩老人用鄂温克语喃喃回忆："住在山上，经常没有粮食吃，冬天连条秋裤都没有。"

1958年，在党和政府关心下，第一个鄂温克族乡在额尔古纳市成立，猎民们的生活开始与现代接轨。

面对现代文明冲击和生态环境变化，鄂温克猎民沿袭多年的游猎方式，已经无法跟上时代的步伐。

"只有下山定居，找到新的发展方式，才能使这个族群发展壮大。"敖鲁古雅鄂温克族乡乡长张万军回忆道。

2003年，根河市实施生态移民，将鄂温克猎民的定居点南迁至根河市附近。

62户、200多名猎民告别山林，搬到了新居点。等待他们的，是每家独栋的现代化双层木屋。屋内集中供暖，做饭可用液化气。

为了让下山猎民生活安稳，政府出台一项项扶持政策。特别是党的十八大以来，各级各方着力解决鄂温克猎民吃饭难、上学难、行路难、住房难、看病难等问题，推进产业开发扶贫。

"搬下山后的生活超乎想象的好。"鄂温克族姑娘范索满意地说，新居点的房子是国家盖的，供暖用水免费；交通便利，孩子上学、老人看病都方便了；离城市更近，就业渠道也拓宽了，家家户户收入可观，开上了小汽车。

新中国成立初期鄂温克族人口平均寿命43岁，目前平均寿命达到75岁，80岁以上的鄂温克族老人有上百人。开办民族工艺品店的老板索云生了二胎，她说："我们现在身体健康，啥也不缺，这就是小康生活。"

绿色转型，迎来新契机

过去，鄂温克人用皮毛产品以物易物，如今，网络销售、电子支付等已成寻常。一些头脑灵活的鄂温克人勇闯商海，很多人当上了"老总"。

从新加坡留学回国后，鄂温克族青年诺日放弃一线城市的高薪职位回到家乡鄂温克族自治旗。如今，他已把原来年产值40万元的牧民合作社发展成产值超过上千万元的养殖、旅游企业。

图为位于内蒙古自治区呼伦贝尔市根河市的敖鲁古雅鄂温克族乡（无人机照片，2020年7月14日摄）。（新华社记者 贺书琛 摄）

依托独特的生态优势和民族文化特点，不少鄂温克族人投身旅游业，寻求古老民族绿色转型。

在根河市乌力库玛林场的松林深处，盛夏的骄阳穿过嫩绿的枝叶间隙，投下斑驳光影，鄂温克族青年古木森正在熏烟，为驯鹿群驱赶蚊虫。

这是古木森在山林中的驯鹿放养点。与过去不同的是，现在的驯鹿放养点，同时还是旅游景点。眼下的旅游旺季，每天都有好几拨游客到访。古木森说："靠着卖门票和鹿茸、手工艺品等，现在每天能收入1000多元。"

"走出山林后，很多人曾担忧鄂温克人再也没法养驯鹿了。"根河市委宣传部副部长于兰说，为实现猎民生产生活的转型，根河市投入1亿多元，充分利用独有的驯鹿文化和自然优势，全力打造旅游业。

如今，敖鲁古雅鄂温克族乡的旅游招牌名声大噪，游客络绎不绝。

很多年轻人像古木森一样，返回山林，养起驯鹿。驯鹿种群从定居前的100多头壮大到上千头，驯鹿放养点从6个发展到14个。

如今，政府给猎民专门养驯鹿的地方配备了帐篷或宿营车，搬家很方便，车里安装的太阳能板可以带动冰箱、电视。乡里隔一段时间就往山上送菜和日用品。

依托旅游业，不少猎民在山下定居点经营驯鹿产品店、家庭民宿等，每年也有不错的收益。据统计，鄂温克族猎民人均纯收入由2005年的1277元，提高到现在的20000元左右。

在于兰看来，放下猎枪搞旅游，鄂温克猎民实现成功转型。借助驯鹿的知名度和文化独特性，旅游产业将成为重要支柱产业，助力鄂温克族在全面小康路上焕发新生。

传承文化，追梦新征程

2020年7月，来自敖鲁古雅的鄂温克族姑娘李梓昕在高考中取得了584分的成绩，成了乡里的"状元"。

"我想上中国农业大学或者中国传媒大学。"李梓昕憧憬地说，"学农，毕业后我可以回来养驯鹿；学传媒，我可以回来做报道敖鲁古雅的记者。"

近年来，内蒙古自治区从民族教育专项经费中除正常拨付专项经费以外，专门划出一定经费，用于三少民族自治旗民族学校校园文化建设及民族特色传承。同时，设立了人口较少民族语言教材建设经费，"鄂温克语教程""三少民族民歌教学"等校本课程，逐渐成为人口较少民族地区传承发扬民族文化的特色尝试。

2019年，鄂温克族自治旗本科上线率达52%、高职高专以上上线率达99.7%。2020年，旗里有518位考生报名高考。他们中的绝大部分，都将像李梓昕一样，走向祖国各地求学。

年轻人的传承，是鄂温克族文化最珍贵的火种。

德柯丽是内蒙古自治区级非物质文化遗产传承人，从小就跟着母亲学习制作桦树皮手工、缝制鄂温克族服饰等传统工艺。

为了保存珍贵的鄂温克文化，她成立了一间民族工艺制作大师工作室，发动众多年轻人积极参与，为传统技艺注入活力。

工作室里，一幅幅刻有鄂温克族图腾标志的驯鹿皮毛剪刻画格外引人注目。"鄂温克族没有自己的文字，要把自己民族的文化传递下

图为2019年12月16日拍摄的位于内蒙古自治区呼伦贝尔市鄂温克族自治旗民族文化产业创业园的太阳姑娘工作室。（新华社记者 贝赫 摄）

去，这些图腾符号能发挥作用，我现在已经刻好100多个，打算整理成册，传承给我们的年轻一辈。"德柯丽说。

由于常年生活在阴暗寒冷的森林里，鄂温克人非常崇拜太阳。他们用皮毛和彩色石头做成类似太阳的吉祥物佩戴，这就是鄂温克族文化中的另一个重要符号——太阳花。

古老的太阳花，如何在现代放出新的光芒？鄂温克族年轻人的答案是，将太阳花作为艺术符号，开发成文创产品。

"90后"鄂温克族姑娘艾吉玛便是其中一员。学习计算机专业的她，大学毕业回到家乡，建起电商平台，帮助母亲卖太阳花产品。

每年，来自全国各地的订单达1万多个。艾吉玛说："传统文化很受欢迎，我想通过不断创新，为太阳花增添养料。"

为支持民族文化绽放更大魅力，鄂温克族自治旗还着力打造民族文化产业创业园，吸引了118名非遗传承人和创业者入驻，鄂温克传统服饰、五畜绳、皮雕等各种传统技艺在园区竞相繁荣。

呼伦贝尔学院教授斯仁巴图表示，民族文化是最好的名片。在融入现代社会的过程中，鄂温克人不忘传承创新自己民族的文化，与全国各族人民交往交流交融，共创美好未来。

（新华社呼和浩特2020年8月2日电　新华社记者于长洪、张丽娜、安路蒙、徐壮）

"靠山吃山"的新路径
——探寻大瑶山的"幸福密码"

北回归线附近，2000多平方公里的大瑶山绵延耸立，数万瑶族群众世代聚居于此，与群山昼夜守望，与贫困不懈抗争。

时光荏苒，如今的大瑶山，一幅多彩的幸福画卷徐徐展开：从闭塞落后到四通八达，从过度索取到与山共美，从基本温饱到追逐梦想，广西大瑶山区在"绿水青山就是金山银山"的生动实践中摆脱贫困、迈向小康。

挥别闭塞迎来新生活

在云雾缭绕的大瑶山主峰圣堂山山脚，清澈的滴水河将来宾市金秀瑶族自治县横村屯与对面的道路隔开。"夏天一发洪水就过不了河，孩子上学要翻山越岭走十几公里山路，建了几次桥都被水冲毁了。"52岁的瑶族妇女苏红芳如此回忆昔日之困。

精准扶贫以来，在帮扶单位和扶贫政策的助力下，一座铁索"幸福桥"和一座水泥大桥终于筑起横村屯通往外界的通道，紧邻圣堂山的地理优势和独特的民族文化资源让横村屯一下子火了起来。

苏红芳的家2019年已改作民宿，节假日时客房总被早早订满。忙碌时，苏红芳身兼多职，白天管理民宿、担任导游，晚上参与民俗表演。2019年自家民宿开业前，她特意做了一套质量上好的民族服装穿在身上，"想把我们生活中的美好，完整地展示给游客。"

过山瑶，是旧社会贫困瑶族群众的代称，他们靠租种别人的土地为生，过着居无定所的生活。

"种10把谷子，给地主交完租，自己只剩一两把。"家住长垌乡道江村屯西屯的80岁瑶族老人赵成任还记得当年的情形。屯西这个曾以过山瑶为主的村屯，现在楼房林立，通屯路、产业路环绕山间，不少人购买了两辆车，货车拉货、小汽车出行。

交通等基础设施的巨大变化，改写了大瑶山闭塞落后的历史。

山间平地上，一栋栋一两层高的白色小楼错落有致，家家户户门前都有草坪，干净整洁的村道旁立着太阳能路灯……金秀镇六段村的易地扶贫搬迁安置点有着一个非常文艺的名字——"拉珈秘境"。"拉珈"，是当地瑶族的自称。

坐在新居客厅的木制茶台前，瑶族妇女莫宇琼沏着自家新茶，热情地邀请记者品尝。"在老寨子时，我们一家6口人挤在50多平方米的房子里。"莫宇琼说，以前村民主要靠采老茶树的茶叶为生，经常要步行数十公里到邻近县城去卖，"有时早上6点多出门，晚上9点多才回到家，卖茶收入只能补贴家用，换购米、油。"

现在，道路交通更加便利，村民生活条件极大改善，当地还建起有机茶种植基地，带动不少群众脱贫致富。莫宇琼在扶贫政策带动下扩种了10亩有机茶，爱人在外跑业务，她就在家加工茶叶通过电商售卖。

来宾市委常委、金秀县委书记韦德斌介绍，近年来，当地投资10

广西金秀县六巷乡的一处民宿（2020年7月10日摄）。（新华社记者 曹祎铭 摄）

多亿元建设了1000多个扶贫路项目，目前全县77个行政村已全部通硬化路。2019年4月，金秀县退出贫困县序列，目前贫困发生率已降至0.392%。

与山共美开辟新道路

在县城通往长垌乡的公路旁，一家名为"瑶家庄"的农家乐招牌十分醒目，庭院内楼阁古色古香，院外车位停满车辆。这里不仅提供餐饮、住宿，还能游山玩水、体验瑶浴，购买土特产。

2018年，靠木工手艺在外打拼多年的盘瑶汉子庞福银回到家乡，本来准备开一家木材加工厂，但看到越来越好的生态环境和日渐增多的游客，他最终转变思路，开起了农家乐。"现在山水和生态就是我们的'金饭碗'。"坐在自己设计和建设的长廊上，庞福银感慨万分。

大瑶山是自然资源的宝库。以前，世代与山水相伴的瑶民通过伐木、采药、捕鱼外销换取必要收入，但过度索取给生态带来严重破坏。近年来，在新发展理念指导下，伴随生态的逐步恢复和基础设施的完善，大瑶山孕育出的"宝贝"越来越多。

58岁的赵成品从小跟着大人上山采药，后来山里的野生中草药越来越少。怎样才能既保护大瑶山的珍贵资源，又持续释放经济效益？2014年，赵成品开始尝试在大瑶山里种植中草药。

如今，在赵成品家附近的一片山坡上，人工种植的黑老虎、绞股蓝、草珊瑚、灵香草等中草药琳琅满目。山坡下方，一个形成"育苗—种植—管护—加工—销售"完整产业链的种养合作社已初具规模，产业覆盖周边10余个村屯。

工人在广西金秀县一家瑶药加工厂里分装瑶浴粉（2020年7月10日摄）。（新华社记者 曹祎铭 摄）

工人在广西金秀县一处中草药种植基地内劳作（2020年7月24日摄）。（新华社记者 杨驰 摄）

　　"县里大力发展中草药产业，出台了包括技术推广、产业奖补等一系列扶持政策。"已经成为县里创业致富带头人的赵成品说，通过"合作社+基地+农户"模式，目前村里的中草药种植面积已突破7000亩，带动500多人参与其中，其中贫困户近200人。

　　越来越多从大瑶山走出去的年轻人选择回到大山。在贫困发生率曾高达52.16%的六段村，"90后"姑娘汪云贵大学毕业后返乡创业，借助电商平台让瑶山土特产走出大山，并打造了自己的品牌。

　　"生态是金秀的名片，我们坚持生态立县，转变考核方式，因地制宜探索'山上种药、山下制药、山中康养'的产业布局，让群众真正在绿水青山中受益。"韦德斌介绍，当地"5+2"特色产业覆盖逾1万户贫困户，2019年金秀获得国家全域旅游示范区、"绿水青山就是金山银山"实践创新基地等荣誉。

"各美其美"绽放新梦想

　　在有着数百年历史的古占瑶寨，家里开农庄的蒋俊强时常带游客参观寨子里的山子瑶博物馆，他是博物馆的兼职管理员。这栋三层小楼的博物馆记录了山子瑶这个瑶族支系的风俗习惯、服饰等特色文化和发展变迁。

　　大瑶山分布着茶山瑶、坳瑶、花篮瑶、盘瑶、山子瑶5个瑶族支系，他们在语言、社会组织、风俗习惯、服饰等方面各有特点。在金秀，除了位于县城的瑶族博物馆外，在5个不同瑶族支系聚居的村子里各有一个民族博物馆。

　　脱贫攻坚不仅带来生活上的巨变，还有民族文化的繁荣复兴。因旧屯存在地质灾害隐患，2013年古占屯实现整屯搬迁。"过去几代人都住在泥房里，是政府的扶持让我们住进了楼房。"村民李东风说，近两年来，村里不仅风貌上了新台阶，文化味也越来越浓，村史馆、生态园、民俗展演等成了新名片。

古占屯成立了瑶族民俗文艺表演团，男女老少齐参与，瑶族绝技"上刀山过火海"、特色舞蹈双刀舞和竹筒舞等一度沉寂的民俗再度焕发活力。2019年，古占屯接待游客40多万人次，既富了口袋，又火了文化。

如今的大瑶山里，五个瑶族支系的黄泥鼓舞、白马舞、钓鱼舞等各式瑶族舞蹈在山谷间百花齐放，阿咕节、杜鹃花节、盘王节、功德节等特色节庆活动全年不断。物质生活的改善、文化生活的丰富、社会保障的完善让更多人拥有了追梦的希望与信心。

在紧邻大瑶山区的平原乡镇桐木镇，2018年以来，260多户贫困群众搬迁到一个名叫"幸福里"的易地扶贫搬迁小区，其中一半左右来自大瑶山区。"以前最大的梦想就是能有属于自己的新房，现在梦想实现了，小区周边配套齐全，我们可以就近上班，孩子也可以就近读书。"搬迁户李蔚传说。

为了家人更好的生活，高中未毕业的李蔚传铆足了劲，给自己找了三份工作：在食品店做配送，在一家通信运营商做线路维修工，还兼职做旅游代理。妻子黄思丽一直有舞蹈梦，李蔚传支持她报了舞蹈培训班，学成后在县城开了一家工作室，营业之余还为小区妇女、儿童提供免费教学。"现在有这么好的政策和条件，只要我们努力，梦想都会实现。"在李蔚传夫妻俩眼中，眼下的生活就是小康的味道。

（新华社南宁2020年8月20日电 新华社记者向志强、徐海涛，参与记者：农冠斌、杨驰）

扎西德勒，我们的新家园

——西藏易地扶贫搬迁搬出幸福美好新生活

9月的高原，秋高气爽。

金黄的青稞田里，人们辛勤劳作，歌声、吆喝声交织，传递着丰收的喜悦。

漫步在城镇乡村，一栋栋藏式新房，成为见证雪域高原与全国人民一道奔向全面小康的最美风景。

作为我国唯一的省级集中连片特困地区，脱贫攻坚以来，西藏累计实现62.8万贫困人口脱贫，74个贫困县（区）全部摘帽。

而一场史无前例、超大规模的易地扶贫搬迁行动，则是消灭贫困的关键。

近日，新华社记者走访西藏多个易地扶贫搬迁安置点，目睹贫困群众挪穷窝、换穷业，生活正在发生新变化。

从高寒远山到河谷城镇："再见了，地方病"

坐在村手工合作社里，40岁的达吉与同事相对而坐，配合着缠绕一卷卷羊毛线。

图为西藏当雄县羊八井镇彩渠塘村（2020年8月26日摄，无人机照片）。（新华社记者 孙非 摄）

尽管手指关节还有些弯曲，但达吉努力让动作快起来，眼神中透出一股倔强。

达吉是西藏当雄县羊八井镇彩渠塘村村民。谁能想到，三年前刚搬到这里时，她因严重风湿病常年卧床。如今走出家门就业，她说："生活终于有了一道亮光。"

彩渠塘村是西藏精准扶贫风湿病患者的一个集中搬迁安置点。2017年，那曲、阿里、昌都三个地市的150户贫困户分四批搬到这里，全村683口人中，患有风湿性、类风湿性关节炎的就有204人。

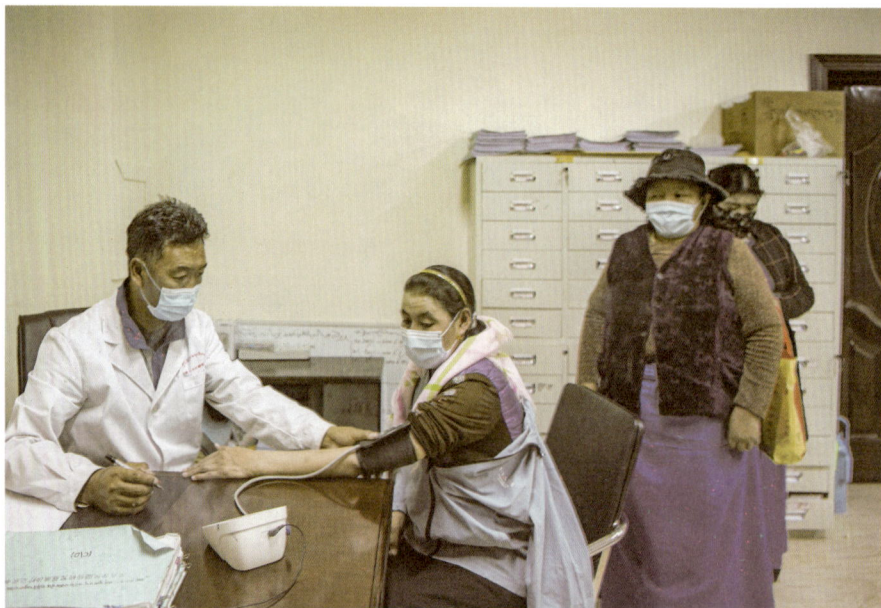

在西藏自治区藏医院风湿病防治研究羊八井基地，彩渠塘村的村民在接受常规检查（2020年8月27日摄）。（新华社记者 晋美多吉 摄）

在西藏，平均海拔超4000米的土地上，人们无时无刻不在与高寒、缺氧做斗争。特别是在一些地方，风湿、痛风、大骨节病等高原疾病多发，生存都困难，改善生活、发展生产更是难上加难。

疾病，曾是西藏贫困发生的重要原因。自治区卫生健康委一份统计显示，2016年因病致贫的建档立卡贫困人口有6.34万人。

"没有百姓健康，哪有全民小康"，而让贫困群众彻底搬离致病环境，在"世界屋脊"奔小康道路上，无疑成为一个标志性帮扶之举。

在地热资源丰富的彩渠塘村，达吉在康复中心不断变换药浴、热敷、放血、针灸等疗法，加上温泉疗养，病情慢慢好转起来。在她身边，丢掉双拐、离开轮椅的患病村民越来越多。

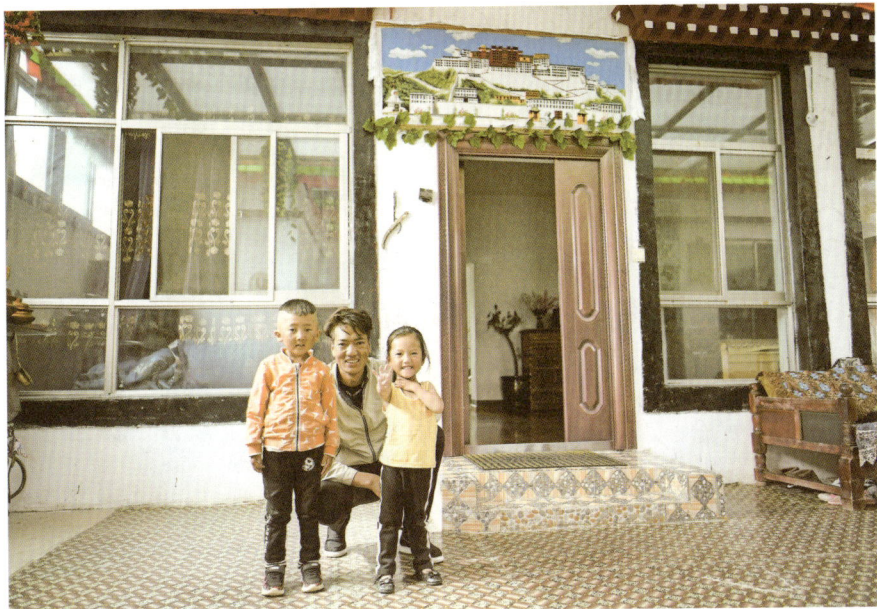

四季吉祥村村民多吉久美（中）和家人在自家新房里留影（2019年8月15日摄）。（新华社记者 李鑫 摄）

"让穷者远离饥荒，让病者远离忧伤"，曾是西藏人民千百年来的美好愿望。一场以筑牢民生屏障为出发点的易地扶贫搬迁，正让这一梦想变成现实。

截至目前，西藏已建成易地扶贫搬迁安置点960多个，26.6万名贫困群众乔迁新居。从高寒远山到河谷城镇，绝不只是让贫困群众居有定所、病有所医，也在创造更多可能。

雅鲁藏布江畔，四季吉祥村，曲水县一处主要帮扶建档立卡贫困户的搬迁安置点。

洛桑念扎从曲水县白堆村搬来。之前，全家人守着深山沟里的10亩旱地和几十头牦牛，因他妻子患病，家里孩子多，日子过得格外艰难。

来到靠近高速公路和机场的新家，洛桑念扎在村干部帮助下，发动村民承揽荒山绿化、苗木种植等业务。如今他摆脱贫困，还成了全村致富带头人。

洛桑念扎说："挪出了穷窝，机会自然就来了。"

从求生存到谋幸福："你好，新生活"

"三岩"，一个地域词汇，在藏语里面，却有着"劣土"的含义。

从昌都市东行约300公里，一条金沙江将川、藏两个省份隔开，三岩人就在大山和峡谷的过渡地带，沿江而居。

由于地势险恶、土地贫瘠，三岩人世世代代走不出大山，很难融入外部世界，几乎陷入"越贫穷越封闭，越封闭越贫穷"的死循环。

2018年5月，西藏作出实施三岩片区跨市整体搬迁的决策。在金沙江畔离群索居的1.1万名三岩群众，终于迎来了人生转变。

走进拉萨市柳梧新区的昌乐苑安置点，搬迁户们住新楼，子女就近上学，老人就医方便，年轻劳动力要么在家门口上班，要么去市中心寻找就业机会。从芒康县戈波乡迁来的阿帕老人由衷感慨，犹如一股春风迅速消融冰雪，三岩人一步跨千年，将命运掌握在了自己手中。

沐浴着脱贫攻坚春风的，还有藏北广袤草原上的牧民们。

为破解人与自然和谐共生难题，筑牢国家生态安全屏障，西藏实施高海拔生态搬迁，计划8年时间内搬迁13万人。

拉萨西郊的堆龙德庆区噶冲村内，坐落着那曲市尼玛县荣玛乡高

图为拉萨市堆龙德庆区古荣乡嘎冲村里搬迁群众的民居（2020年8月4日摄）。（新华社发）

海拔生态搬迁安置点。

2018年6月，生态环境脆弱、地处羌塘国家级自然保护区的荣玛乡整体搬迁，262户1102人离开总面积比海南省还大的荣玛乡。

人退草进，搬迁后荣玛乡放牧的牲畜减少接近九成，退出草场357万亩。羌塘大草原上的藏羚羊、野牦牛、野驴等野生动物，迎来了更加广阔的活动空间。

离开不适宜人类居住的"生命禁区"，牧民们还是担心："今后生活何去何从？"

市、县、乡几级政府精心规划，在嘎冲村安置点新建了牦奶牛养殖场、绵羊育肥场和牧家乐等，用于安排就业。最近，这里还借助紧邻青藏公路的优势，修起了停车场，办起了快餐店。

扶贫干部拼尽全力，搬迁户们也积极作为。

在嘎冲村两公里外的拉萨市象雄美朵景区，19岁的交穷凭借从小学会的骑射技艺，每周都会去马场表演马术。

在昌乐苑安置点，42岁的扎西罗布也忙碌起来。这位结婚后几乎没有做过家务活的三岩汉子，最近前往市政环卫公司上班。

"该给的政府都给了，未来的美好生活，还靠我们自己创造。"他说。

从孤独戍边到"一个都不能少"："哈达献给党"

初秋的清晨，玉麦乡小学铃声响起，孩子们的琅琅书声很快就在山谷间回荡。

山南市隆子县玉麦乡，曾被称为"中国人口最少乡"。在很长一段时间里，这里只住有一户三人——桑杰曲巴和他的女儿卓嘎、央宗。

桑杰曲巴父女两代人几十年默默守护祖国领土的故事，如今已被许多人熟知。13年前，高中毕业的巴桑次仁初到这里工作，深深体会守边的不易。

"刚来时，乡里没有学校，人们临时把一间土房改成教室，这里的孩子才第一次在家门口上课。"如今已是玉麦乡玉麦村党支部书记的巴桑次仁回忆。

十几年前，玉麦不通公路。每到冬季大雪封山，巴桑次仁和乡民们与世隔绝，往往一过就是小半年。

全面建成小康社会，一个都不能少。近年来，西藏大力推进边境小康村建设，一个个偏远、闭塞的边陲山乡，如今正发生着翻天覆地的变化。

西藏玉麦乡搬迁群众在蔬菜大棚里学习种植蔬菜技术（2020年7月30日摄）。（新华社记者普布扎西 摄）

　　置身于玉麦乡街头，一座座藏式小院错落有致，道路两旁商店、家庭旅馆、藏餐馆林立，学校、卫生院、村民活动中心等公共设施一应俱全。

　　卓嘎、央宗姐妹告诉记者，政府给乡民们发放各种补贴和生态岗位工资，还想方设法帮着发展边境旅游、竹器加工等产业，"在这里守边戍边，党和国家没有忘记我们！"

　　国家厚爱如山，换来的是百姓深情似海。

　　一个多月前，随着一辆辆卡车缓缓驶入山南市错那县卡达乡，"边境小康村"多塘村迎来了一批新居民。在这里，他们将在海拔4500米左右的边境放牧、发展生产。

　　"家是最小国，国是最大家。"边巴旺久是第一批自愿报名的搬迁者。他说："党和国家关心、关怀我们，我们愿用生命守护好祖国的一草一木。"

在群山环抱的玉麦乡，这几年随着新人口入住，现在居民也已超过200人。曾经的孤独冷清，逐渐被热闹取代。

国庆将至，玉麦乡每家每户门前都换上了崭新的五星红旗。

卓嘎的小女儿巴桑卓嘎1996年出生，2019年大学毕业后回到玉麦。"家是玉麦，国是中国。"她说，扎西德勒，我们将用双手建设美好家园。

（新华社拉萨2020年9月28日电 新华社记者罗博、王炳坤、赵一鸿）

攻克深度贫困，
尽锐出战攻下坚中之坚

触摸幸福

奋斗绘就"新天府"
——川蜀大地干群"战贫"轨迹扫描

在世人眼中，千年都江堰造就了"水旱从人、不知饥馑"的"天府之国"。其实，在都江堰滋养着的成都平原之外，四川还有广袤的高原地区、凉山彝区、秦巴山区、乌蒙山区四大连片贫困地区，千百年来与贫困抗争。

幸福来自奋斗，实干成就梦想。脱贫攻坚战打响后，川蜀大地上，广大贫困群众在党员干部带领下不懈奋斗，正在绘就全面小康的"新天府"画卷，创造美好幸福生活。

初心："战贫"之役 尽锐出战

清晨，大凉山，通往"悬崖村"阿土列尔村的钢梯闪着银光。

驻村第一书记帕查有格又开始了一天的忙碌。

"5月，村里的84户贫困户搬下山，住进了县城边的安置小区，但山上还有一些村民，还有农田、果园、牛羊，产业发展、旅游开发……还有很多事要做。"

2015年，在四川凉山彝族自治州昭觉县政府工作的帕查有格，被选派到阿土列尔村任第一书记。那一年，他29岁，女儿才两岁，而妻子正怀着二胎。

"那时到村上还没有钢梯，只有17段简易藤梯，最陡的地方接近90度，背后就是万丈深渊……"第一次到"悬崖村"，帕查有格爬了3个多小时。

艰险之余，更令帕查有格心酸的是村庄的困窘。"村民住在低矮的土坯房中，没手机网络、没自来水，光伏电仅能供照明，地里就种些玉米、土豆，广种薄收。"

"组织信任我、派我来，我就要干出个样子。"驻村第一书记任期一般为两年，帕查有格和其他帮扶队员在阿土列尔村至今已工作4年多。

拼版照片：左图为通往四川凉山彝族自治州昭觉县阿土列尔村的简易藤梯（2016年5月14日摄）；右图为改建后的钢梯（2017年12月5日摄）。（新华社发 阿克鸠射 摄）

组织村民成立合作社种脐橙、花椒、核桃，养羊；改建藤梯为钢梯，发展旅游；开办幼教点；搬迁贫困户……驻村干部和村民在各方的支持下，事情一件接着一件干，阿土列尔村一年一变样。

"现在'悬崖村'村民的生活越来越好。"帕查有格说，"但是，脱贫攻坚这场仗还没打完，我还得继续坚守。"

帕查有格是四川5.9万名驻村帮扶干部中的一员。作为全国扶贫任务最重的省份之一，四川省始终把脱贫攻坚作为最大的政治任务、最大的民生工程、最大的发展机遇，集结各方力量，调动各方资源，下足"绣花"功夫，向全面消除绝对贫困发起最强总攻。

打硬仗，要配备最能打仗的人。为集中力量攻克位列"三区三州"的凉山州贫困"堡垒"，2018年，四川对凉山州11个深度贫困县组建11支专门工作队，在全省选派5700余名干部常驻开展综合帮扶，力度之大前所未有。

扶贫一线的党员干部付出的，除了心血、汗水，甚至还有生命。"你走出穷山沟，又来到穷山沟，百姓的冷暖忧愁，总放在心头。你把村民当亲人，付出了所有……"一名网友的留言，道出对党员干部马伍萨的深情怀念。

出生在大凉山的马伍萨，生前是四川甘孜藏族自治州农机推广服务中心的一名彝族干部。在甘孜州甘孜县夏拉卡村担任驻村第一书记期间，他因过度劳累突发疾病，医治无效，于2019年5月13日不幸去世，年仅38岁。

据四川省扶贫开发局统计，截至目前，全省在脱贫攻坚中因公献出生命的人员已达77名。在和平年代，这些英雄们以生命赴使命，在没有硝烟的"战贫战场"将为民初心淬炼成钢。

奋斗：宁愿苦干　不愿苦熬

秦巴山深处，重峦叠嶂，沟壑纵横。

身高仅1.5米的四川巴中市南江县小田村村民秦发章，走路一瘸一拐，但他黝黑的脸上写满了不屈与自豪。

今年51岁的秦发章儿时患上小儿麻痹症，因家里穷没钱治病，落下了终身残疾。从14岁开始，他到外地学手艺、打零工，又回乡种地，百般辛苦，却始终无法摆脱贫困的"魔咒"。

2014年精准扶贫启动，秦发章家被确定为贫困户。在干部帮扶和扶贫政策支持下，他内心"不认命"的倔强被充分激发。

"每天公鸡打第一声鸣我就起床，比任何人出门都早；坡陡路不平，我就坐在山坡上溜着走；背不起满背篓粮食，我就背半背篓、多跑两趟。"秦发章说，想脱贫，要靠奋斗。

在四川省阆中市王家嘴社区残疾人编织基地，工人在制作手工儿童鞋（2020年6月14日摄）。（新华社记者 杨进 摄）

如今，秦发章通过发展种养业，年收入超过10万元，不仅甩掉"穷帽子"，还住进新房子，过上了富足的幸福生活。

左手缠绕着红毛线，右手握住一根织针，手指交错翻飞之间，一只婴儿毛线鞋逐渐成形。在四川阆中市王家嘴社区残疾人编织基地，双下肢瘫痪的李荣华是业务骨干。

李荣华今年36岁，是阆中市得阳村建档立卡贫困户，曾经想脱贫却苦于没有技能。2018年，当地残联建立手工编织基地，面向贫困残疾人开展技能培训。

"开始我不好意思出来，怕学不会被别人笑话。"李荣华说，残联的工作人员多次上门开导，既扶贫又扶志，坚定了她参加培训的信心。培训之余，她还上网找视频自学。

如今，李荣华通过一针一线的编织，不仅收入稳定、顺利脱了贫，家庭生活也经营得很温馨。"作为一个残疾人，能自食其力挣钱养家，我觉得很幸福。"李荣华说。

地处大凉山深处的凉山州昭觉县谷莫村平均海拔2300米，是脱贫攻坚的难中之难。由于丈夫长期患病，村民俄地曲西曾是村里最困难的贫困户，也是干部帮扶的重点。

打猪草、拌饲料……靠着养殖生态猪和土鸡，俄地曲西逐渐脱了贫，从土坯房搬进了新居，还开办了彝家风情民宿，年收入超过5万元。

昔日"最困难的人"变成了谷莫村的"致富带头人"。"要想过上好日子，就要努力干、加油干。我还要带动更多妇女努力脱贫奔小康。"俄地曲西说。

"宁愿苦干，不愿苦熬"，20世纪90年代闻名全国的巴中精神，在他们身上得到充分体现。他们用自己的不懈奋斗，生动诠释了"幸福是奋斗出来的"。

圆梦：走小康路 绘"新天府"

一片片白色大棚里，一串串各色葡萄，果实累累。

在四川眉山市彭山区果园村的"好运来"家庭农场内，种着阳光玫瑰、夏黑、美人指等8种葡萄，33岁的农场主张雄在藤蔓叠生的葡萄架下忙着采摘。

"种上了好果子，娶来了好妻子，生了个好孩子，买了个好车子，住进了好房子，过上了好日子。"对于张雄来说，小康生活就是这六个"子"。

十多年前，果园村却名不副实。全村7000多亩土地，以传统农业

在四川省眉山市彭山区果园村，张雄在查看葡萄长势（2020年6月16日摄）。（新华社记者王曦 摄）

种植为主,村民普遍不富裕。

"我们四处考察,最后敲定葡萄种植作为村里的主导产业。"果园村党总支书记李永伟说,从最初试种2亩,到如今的5200亩,小葡萄成了增收奔小康的大产业,2019年村民人均收入超过3.1万元。

如今,行走在川蜀大地上,不论是成都平原、川中丘陵,还是西部山区,各地在因地制宜推进乡村振兴、全面小康过程中,各有创新、各有特色,相同的是村民满满的获得感、幸福感、安全感。

川中丘区的乐至县金鼓村,倡导乡风文明有实招。村民在环境卫生、邻里关系、尊老爱幼等方面履行村规民约,即可获得"幸福积分",并能在"幸福超市"里兑换生活物品。

记者在村里采访时,67岁的村民王显荣和老伴用"幸福积分"兑换了一桶菜籽油、五包挂面、两提抽纸,笑呵呵地满载而归,"我们

图为2020年6月14日在四川省德阳市旌阳区高槐村拍摄的咖啡馆一角。(新华社记者 王曦 摄)

老两口赶上了好时代。"

在德阳市旌阳区高槐村，咖啡屋、扎染工作室、非遗"潮扇"等十余个新商户散布在青山绿水间，昔日贫困村成为网红打卡地，2019年村民人均收入超过2.3万元。

"小康对我来说就是诗和远方，在我的咖啡店里都实现了。"返乡创业的"芳华·旧时光"咖啡店主人刘雪梅说。

......

截至2019年年底，四川贫困县从2013年底的88个减少到7个，贫困人口从625万人减少到20.3万人，贫困发生率从9.6%下降到0.3%。

当前，攻克最后"堡垒"的反贫困决战，仍在如火如荼地进行。相信在不久的将来，一个全新的"天府之国"定会呈现在世人面前。

（新华社成都2020年7月20日电　新华社记者杨三军、陈健）

"苦甲"不再，"甘味"绵长
——脱贫攻坚的甘肃味道

自打从山里搬上楼房，63岁的史永梅摘掉了从小就一直戴着的头巾，烫起了卷发，笑容时常挂在脸上。

一方头巾，曾是甘肃农家女的必备头饰。昔日定西黄土裸露、苦旱缺水，女人戴头巾可防尘挡风少洗头。25年前一张新华社播发的照片里，就定格了裹着土黄色头巾的史永梅，用一碗水给两个孩子洗脸的画面。

提起甘肃，人们总会想到"苦瘠甲于天下"的标签。然而，今日的甘肃生机勃勃、脱胎换骨，贫困发生率已从2013年的26.5%下降到2019年底的0.9%，"苦瘠"褪"甘味"来。江山依旧，却已换了人间。

一碗水的"苦焦"与甘洌

将台村半山坪下的花卉育苗基地里，陈瑞福迎着午后骄阳，搬移着四季玫瑰花苗。"谁能想到，过去这里连小麦都难种活，如今还能种上鲜花。"种了大半辈子庄稼的陈瑞福说。

　　陈瑞福所在的将台村，位于甘肃省定西市安定区的鲁家沟镇。过去，这里干旱"苦焦"。"山上连草胡子都没有，地里庄稼更是难冒头。"陈瑞福说。

　　陈瑞福和父辈们夏天集雨、冬天扫雪，赶十几里山路驮苦咸水，毕生的心血都用在找水上。"苦咸水喝起来真是'苦焦'！烧开放凉了还能咽下去，直接喝就像喝刀子一样。"陈瑞福说。

　　多少梦想因严重缺水而凋谢。甘肃人均和亩均水资源量分别仅为全国平均水平的二分之一和四分之一。全省86个县（市、区）中，处于集中连片特困地区的县有58个，大多数水资源短缺。

　　从电力扬黄提灌、集雨水窖，到农村人饮安全工程，国家全力支持甘肃兴水治穷。2014年底，引洮供水一期工程通水，225万余陇中百

在定西市安定区鲁家沟镇将台村，陈瑞福在花卉育苗基地里忙碌（2020年9月2日摄）。（新华社记者 范培坤 摄）

图为定西市安定区鲁家沟镇一景（2020年8月26日摄，无人机照片）。（新华社记者 崔瀚超 摄）

图为定西市安定区鲁家沟镇将台村的花卉育苗基地（2020年8月26日摄，无人机照片）。
（新华社记者 李杰 摄）

姓喝上了洮河水。当一泓清水淌进鲁家沟时，人们鸣放鞭炮，像过年一样欢庆"新生"。

"洮河水喝起来绵绵的、甜甜的。"说起引洮工程，陈瑞福开心得像个孩子。

大棚蔬菜、花卉育苗、制种繁育、牛羊养殖……18个现代化农业基地如雨后春笋般出现。整个鲁家沟成了扶贫产业园，15分钟务工圈初具雏形，昔日靠天吃饭的庄稼汉变成了旱涝保收的"上班族"。每天，陈瑞福徜徉在花丛中除草、浇水、施肥。他说，这比种地"下苦"美多了。

一碗水从"苦焦"变甘甜，源自"集中力量办大事"的磅礴力量。一年又一年，引水、筑路、改造危房、控辍保学、易地扶贫搬迁……一项又一项工作在甘肃落实，一个又一个"穷根"被彻底拔除。

在武威市古浪县，巨龙般的水渠引来黄河水，将昔日干旱的黄花滩滋润成6万余名易地扶贫搬迁群众的新家园。他们的祖上多因川区干旱缺水，一路"追云逐雨"，钻进相对阴湿的深山，却也没逃过一点一滴收集房檐水的苦日子。

在新家园，他们一步踏上高起点，发展高效节水农业。靠着"点点滴滴"的滴灌作业，西靖镇感恩新村村民王建林种了4棚甜瓜，每棚年收入1万多元。她说，甜瓜榨汁最美，就像一滴水变成了一滴蜜。

一颗果的酸涩与甘甜

九月，黄河首曲牛羊成群，陇原大地瓜果飘香。甜如蜜的是瓜，酥又香的是梨，高原蔬菜青翠欲滴，苹果红得喜庆，咬一口甜入心脾。

52岁的雷托胜是平凉市静宁县雷沟村人，与苹果结缘，是39年前的一次尝鲜。第一次吃苹果，他连核都吞进肚子。吃惯苦涩难咽的高粱面，他感慨："世上竟有这样的甜！既然年年种粮年年混不饱肚子，能不能种点苹果换钱？"

从尝鲜到尝试，他惊奇地发现，家乡种粮不成，种果子却好。这些年，他带头尝试新农技，带动贫困户发展，成了全国劳动模范。

有玩笑说，甘肃有"三大宝"：土豆、洋芋、马铃薯。"三大宝"是同一样东西，戏谑中透着一股辛酸和苦涩。

如今的甘肃，情况大有不同。

静宁县地处干旱陇中，但漫山遍野的果园改变了小气候。县内一幅公益广告语气自豪：您已进入北纬35°苹果黄金种植带。

不是一方水土养不活一方人，而是一方人要用好一方水土。

越来越多的甘肃百姓摆脱贫困，开始换个眼光看家园：这里光照充足，昼夜温差大，非常适合现代特色农业；那些植被稀疏的红土地，原来是七彩丹霞；许多小山村，发展原生态乡村游潜力大……

扬长避短，发挥比较优势。在甘肃，牛、羊、菜、果、薯、药六大产业集群成形了，一批山村进军乡村旅游异军突起了，许多家庭在一户一策的帮扶中把"穷业"换掉了。

第一次吃苹果时，刘稳玲30岁。第一次吃自己种的苹果，又过了20年。

刘稳玲原住白银市会宁县头寨镇塬边村。山里地气寒，毛桃总熟不透，吃起来涩涩的。

为了摆脱贫困，她和丈夫种地、打工，做过不少尝试，从2007年起借债养猪。可是，山里太旱了，家里3眼集雨水窖还不够喂猪，两口子挨家挨户借水，借遍了全村，最终脱贫还是失败了。直到2017年搬迁下山前，一家人还挤住在废弃猪舍旁的小屋里。

新家坐落在头寨镇上。不远处，新果园一望无际。120多户搬迁户，户户分到5亩果园。附近一家龙头企业负责栽植果树，代管3年，挂果后移交。这3年，搬迁户可到企业的苹果基地里边务工边学艺。

2019年底，刘稳玲学艺初成，接管果园。秋天到了，果实压弯枝头。刘稳玲摘下一颗，尝了一口，不禁泪眼婆娑。

"20年前，我只觉得这圆圆的东西味道很奇特。现在吃自家的苹果，真甜。"她说。

一缕风的土腥与清香

早晨6点的八步沙林场，柠条、梭梭挺立在沙地中，仿佛黄色地毯上闪耀的绿色光芒。治沙人郭万刚哼着小曲，骑着自行车在林场遛弯。轻风掠过，清新的空气扑面而来。这是他一天最惬意的时刻。

现在的八步沙，从春到秋，柠条、花棒、梭梭次第开花，有的浓烈，有的清新，不同的花有不同的芬芳。

20多年前，武威市古浪县一带，常常黄沙滚滚。沙尘暴后，浓重的土腥味久久不散。1993年，郭万刚从一场黑风暴中死里逃生，从此坚定地扛起铁锹，压沙造林。

不植树种绿，生活就没有出路。

如今，八步沙已形成21.7万亩林区，管护面积达37.6万亩，风沙线

图为古浪县八步沙林场职工和群众治沙景象（2020年3月6日摄）。（新华社记者 范培坤 摄）

被逼退20多公里。

绿色长城让家园重获新生。重获新生的人们，循着"看不见的手"，继续修筑绿色长城。

在甘肃，工程化治沙方兴未艾，越来越多的职业治沙人参与其中。

2019年，53岁的张世俊开始到古浪县漠缘林业产业发展有限责任公司务工。每天，他护林防火、操作水泵，还参与梭梭嫁接肉苁蓉。他说，把肉苁蓉种在离梭梭树80厘米左右的地方，肉苁蓉的根会与梭梭合而为一。

张世俊治沙造林，每个月有3000元的收入。加上家里种的日光大棚，年收入达到7万元。

伴随着黄土高原逐渐染绿，发展的基石更加牢靠。

入秋，深山里的会宁县大沟镇厍家弄村，杏林红一片黄一片，美得醉人。谁曾想，这个"杏花村"一度尘土飞扬，走在山路上，穿着鞋子土进鞋，光着脚丫土烫脚。

20世纪90年代末，当退耕还林拉开序幕时，村民何长雄还想不通，好好的7亩山地，为啥要种杏树。2017年，1200亩耐旱的新品种杏树在村里扎根，他果断加入合作社，种了21亩杏树。他说，杏子、杏仁、杏脯都是钱。春天有人来看花，秋天有人来赏叶。

如今，由会宁苦杏仁做成的杏仁露，醇香可口，小有名气——先苦后甜、越品越甜，一如当地人们的生活。

（新华社兰州2020年9月9日电 新华社记者任卫东、张钦、李杰、崔翰超）

脱贫的颜色

决战脱贫攻坚进入收官，新华社记者再次来到"三区三州"的甘肃省临夏回族自治州和甘南藏族自治州，感受这片曾经的深度贫困土地变化的色彩。

（一）

包莲英，这个一直在"泥里打滚"的农村女子，在43岁这年，人生突然"打了个挺"。

遇到包莲英是在临夏州采访的第二天。纳沟村位于临夏州康乐县八松乡，紧挨秦岭西段余脉的太子山。车子在大路上转了个弯，拐进一条山沟。四周静了下来，天蓝得能照出人影。山上的泉水淌过湖泊和公园，冲向山脚。沿新修的木栈道往上看，更高处云雾缭绕，大山像戴了顶帽子。

再往里走，一排红色的飞檐伸出来，就到了纳沟村。全村24户，沿山沟错落而建。爬到村子最高处，一户人家院门挂着招牌"莲花农家院"。一堵花墙后，一位身姿清丽的女人正打扫卫生——就是这家

图为2018年10月16日拍摄的康乐县八松乡纳沟村景色（无人机照片）。（新华社发 马吉祥 摄）

女主人包莲英。坐下后，包莲英麻利地泡好茶水，打开了话匣子。

纳沟村以前是个穷村，这个"以前"仅仅是两年前。有多穷？用包莲英的话说就是"穿不了拖鞋"。"纳沟村，烂泥沟，进不来，出不去"，家里住了几十年土房，瓦片上都长草。

包莲英19岁嫁到纳沟村，前24年过的都是苦日子：公婆没有劳动能力，三个孩子还小，全家30多亩山地一年种不出1万元钱。她和丈夫当小工，吊在30层高楼外贴保温层……

就在她苦苦挣扎时，2018年康乐县精准扶贫的旅游开发项目推进到纳沟村。村子和整条山谷按照4A级景区标准一体化打造。靠自己的积累和政府的贴补，包莲英建起了新房。

参加完县上组织的烹饪培训，新刷的墙还没干透，她家的农家乐就开业了，头40多天经营额就有4万多元。

景区不断完善，游客络绎不绝，全村有一半的人家开起了农家

包莲英在康乐县八松乡纳沟村"莲花农家院"打扫院落（2020年9月12日摄）。（新华社发 袁林 摄）

乐。"2019年挣了十几万元。"

"是不是感觉日子一下大变样了？"有人问。包莲英身子稍稍后仰，双脚点着地面，薄薄的嘴唇抿出一个好看的弧度。包莲英没有直接回答，但这一刻，地上的花草、檐上的飞鸟、远处的青山似乎都在作答。

在"三区三州"深度贫困地区采访，发现像包莲英这样原地"打了个挺"的人数不过来，有靠着修到门口的大路办农家乐的，有靠着扶贫贷款种果树的，有靠着做直播卖货的，有靠着村里的合作社发展养殖的……脱贫攻坚补齐了贫困地区的基础设施短板，拓展了发展条件，群众的命运也随之改变。据统计，临夏州贫困人口从2013年底的56.32万人减少到2019年底的3.25万人，累计减贫53.07万人，贫困发生率从32.5%降到1.78%。

"会越来越好。"包莲英拎起水壶，给大家斟水，蓝天白云倒映下来，装了满满一碗。

（二）

"你知道每月两三千元工资对我意味着什么吗？"

时隔一年，记者又一次在东乡族自治县碰到这位叫黄阿英舍的小媳妇，23岁，两个孩子的妈妈。

这次是午后休息时，她坐在达板镇凤凰山联合扶贫车间窗下，头轻轻转向窗外："这两年是我过得最幸福的两年，看树是绿的，看花是五彩的。"她不经意地说着变化，语气里藏不住喜悦。

东乡县是临夏回族自治州最贫困的县，目前是全国52个挂牌督战县之一。大山在这里拧成疙瘩，条条沟壑把塬坡分割成七零八碎的条块，人们深困其中。和这里的大多数农村妇女一样，黄阿英舍以前没工作，没挣过一分钱。全家收入少，夏天孩子经常因为想吃冰棍挨打。黄阿英舍曾以为她这一生将和大山一样贫瘠。

2018年，对口支援的企业在家门口建了制衣扶贫车间，黄阿英舍学了手艺，有了收入，命运从此为她打开了一扇门，让她有了改变自己的力量。

"这两年，我给孩子订了绘本，给自己买了化妆品，全家去了成都和西安旅游。"她说着说着咬住了嘴唇，泪水慢慢溢出眼眶，眼睛却越来越亮，就像后山那眼干涸多年却在2019年突然又"活"过来的泉。

精准扶贫以来，东乡县在援建单位帮助下建成35个扶贫车间，上千名妇女成了产业工人。与2000年相比，农民人均可支配收入由不足

2020年8月4日，在东乡族自治县县城南区易地扶贫搬迁安置小区内的一处扶贫车间，务工妇女在车间内忙碌。（新华社记者 范培坤 摄）

千元到5906元。

如今，东乡这片深度贫困的土地，也"活"了。以前是不毛的山，愁苦的脸，土房子就像被烧化的蜡烛，现在被青山绿水、舒展的脸庞和漂亮的四合院代替。生活好了，却添了"新烦恼"：搬进城里生活的人好多不会使用油烟机，还有人用"惊心动魄"形容坐电梯的感受……在新生活面前，这种烦恼就像加在开水里的糖，有点甜。

（三）

从临夏州出发，往南行驶两个多小时进入甘南藏族自治州卓尼县境内。卓尼是农牧县，牧区居多。这里草原是嫩绿的，格桑花开得正艳。成批的游客每次停车休息都能发现一些惊奇，或是对着远处的牛羊惊叹，或是对着一朵小花狂拍。

跟着游客往前走，就到了阿子滩镇阿子滩村。全村156户，依山而建，一条村道从山脚的广场直通而上，拐弯处摆放着精心打磨的山石，两侧垂柳摆动着枝条。

"我们全村都搞起了旅游。"村支书王昌龙50多岁，声音洪亮。他称阿子滩的发展模式是"靠山'吃'风景"，村集体发展景区，家家户户开牧家乐。起步一年，前景大好。眼下正是旺季，一户农家乐日均收益两三千元，村里产的青稞酒都已断供。

"风景饭"好吃，但端起这个"碗"并不容易。

坐落在甘青川三省交界处的甘南州被视为西部最具魅力的旅游景区之一，曾一度因环境问题黯然失色：草原上垃圾遍地，到处是一半埋在土里一半随风招摇的塑料袋，农牧村"人畜混居"，过度放牧导

图为2020年6月20日拍摄的甘南藏族自治州碌曲县尕海镇尕秀村帐篷城景区（无人机照片）。（新华社记者 陈斌 摄）

在甘南藏族自治州碌曲县尕海镇尕秀村，村民格日扎西（右）带着孩子从村里走过（2020年6月20日摄）。（新华社记者 陈斌 摄）

致草原沙化，青山绿水眼看难以为继。

2015年以来，甘南藏族自治州痛下决心，开展城乡环境综合整治，以"视线内不见垃圾"的标准打造"全域旅游无垃圾示范区"，以生活方式转变推动生产方式转型，让绿水青山变成金山银山。

如今，像阿子滩村这样的旅游村，甘南州已建了1000多个，惠及农牧民48万人。碌曲县尕海乡尕秀村前年打造了自驾游营地和草原帐篷城。村民正旦办起藏家乐，第一年就收入20多万元。

疫情之下，甘南州旅游市场却逆势激增，州内景点公路一到周末就堵满了自驾游和旅行社的车辆。"我当导游8年，今年是最忙的一年。"临潭县冶力关景区管理中心的讲解员乔学红哑着嗓子说。

在采访中，一位老人和当地干部聊天："自打环境整洁干净了，钱越挣越多，吵架上访没有了，连考上大学的娃娃都多了，你说咱这里是不是风水变好了？"这位干部听后先是大笑，接着揽过老汉的手："风好了、水好了，'风水'自然好了，干啥都顺心！"

<h2 style="text-align:center">（四）</h2>

在卓尼县喀尔钦乡下巴木村，遇到一对姐弟，弟弟赵小强，20岁，姐姐赵小兰，23岁。

赵小强8岁那年，父母拖着病体外出打工。他的记忆里，只有家门口河结冰时，爸妈才会回来。

赵小强四年级时从村小学转到县城，姐弟俩搬到学校附近租房住，每周末搭乘一天一趟的班车，回家取下一周的口粮。暴土扬尘的山路上，姐姐背着面走在前面，弟弟提着油跟在后面。

2013年的一天，乡干部找到家里，送来一本绿色小册子（建档立卡户扶贫手册）。从那天起，姐弟俩的生活变了样。

生活补助费1114元、免学费书费400元、国家助学金1000元、免除学杂费1100元、寄宿生生活费补助1084元、困难学生彩票公益金2000元……这是一个学期教育扶贫项目发的补助，都记在扶贫手册上。

那一年，姐姐坐在爸爸摩托车的后座，父女俩去了县城的银行，爸爸往存折里存了8000元。这是她记忆中家里第一次有存款。

2015年姐姐考上了省内一所本科师范院校，当地教育局为她办了每年8000元的生源地助学贷款。开学前一天，教育局的干部赶了30里山路，送来500元路费，并嘱咐她，"好好学习，国家一定不会让你上不起学。"

"2019年6月17日，寄宿补260元。"这是扶贫手册上最后一笔教育补助。在"帮扶成效"一栏里扶贫干部写上了"完成学业"几个字，"业"字的最后一横明显粗壮，且往上挑，像个笑脸。

两个月后，赵小强以甘南州高考第一名的成绩进入兰州大学医学院。又过了1个月，家里通过脱贫验收。

2020年7月，赵小兰参加了甘肃省统一招募的特岗教师考试，成为一名初中语文老师。几天前，弟弟大二开学了，继续向着成为一名好医生的目标努力。

姐弟俩讲述时，他们的妈妈、一位满脸风霜的农村妇女始终在一边带着笑意听，不时插一句"不苦，好着咧"。

甘南州教育部门干部介绍，日子好了加上教育扶贫优惠多，农牧村群众开始重视教育，县城的小学秋季开学，每年级都要新增一两个班，几乎全是进城上学的农村娃娃。在临夏，县城学校附近出租房的租客绝大部分是送孩子进城上学的农村家庭。

如果说产业带来了收入、生态托起了明天，脱贫攻坚的教育政策则给"三区三州"长远发展打下了扎实根基，让人心里踏实。

（五）

六天的采访结束，见过的人和事一一浮现脑海，像是一场山乡巨变的大剧。有一朝"翻身"的贫困户；有以村为家的扶贫干部；有为贫困户农家乐开业"踩门儿"的县委书记；有守着一个扶贫车间几年直到它"长大"的对口帮扶干部，他们来自辽宁、天津、福建……还有一个人带动2000多户农户、誓要把山村变宝山的党员企业家。

正是有了这些奋斗，贫困地区"活"了，"放羊娃怪圈"不再困锁这片土地。说来难以相信，"三区三州"有些连粮食都不愿意生长的地方，现在长出了明星蔬菜、网红水果；小学文化的人通过网络让自己的奋斗故事携着家乡的特产走遍全国、年入千万……

来到这些曾经深度贫困的地方，看看现在的田野，看看现在的村庄，看看现在的学校，看看农民的笑脸，变化就在其中。

挥手离别，所有的人和事渐渐在脑海模糊，只留下几种颜色：无处不在的生态绿、一望无际的花海、漫山遍野的花椒红、五颜六色的瓜果蔬菜、赭红色和黄色相间的藏家民居……最后都汇聚成群众笑脸上的神色。

（新华社兰州2020年9月14日电　新华社记者马维坤、张旭东、姜伟超、熊争艳、胡伟杰、任延昕）

高原上绽放的光芒
——来自青海攻克深度贫困堡垒的故事

青海，是民歌中"那遥远的地方"，受平均4000米以上高海拔等自然条件所限，这里也成为决战"三区三州"深度贫困的重要阵地。

脱贫攻坚进入收官阶段，新华社记者在2020年夏秋之交来到这片山宗水源的土地，聆听浩荡江河、广袤牧场、搬迁新村的回响：一个个脱贫故事，在离天最近的高原大地上，定格成像，汇聚成光。

"搬迁新村成了网红点"

从省会西宁驱车向西南方向行驶5个小时，景色也从高楼林立的都市变成了一望无际的高原草场。

临近海南藏族自治州兴海县城，一派秀美气象让记者途中疲劳尽消：一个坐落在碧绿草原中的村落映入眼帘，一排排色彩鲜亮的藏家民居错落有致，村中央建有一块标准足球场，正在踢球的孩子们追逐嬉戏……

天空格外透亮，人们笑声爽朗。

作为海南州最大的易地扶贫搬迁安置点，这个名为"安多"的民

两名小朋友在青海省海南藏族自治州兴海县安多民俗文化村玩耍（2020年8月6日摄）。
（新华社记者 邢广利 摄）

俗文化村占地1500亩，安置有涉及48个村的853户、3421名农牧民群众。休闲广场、商业作坊、电商基地和乡村旅游富民设施等配套，让搬迁群众有了"从未享受过的好日子"。

"以前老村里，土房子黑乎乎，用煤油灯。如今在新房子里，用电用水再也不发愁啦。"65岁的藏族阿妈周德打开话匣子就不停，一连串藏语让负责翻译的当地扶贫干部直呼"跟不上"。

周德过去住在黄河峡谷边海拔3000多米的曲什安镇塔洞村，到县城要翻过好几座大山，说起当时艰难的日子，周德直摆手。

为改变"一方水土养不起一方人"的窘境，在国家扶贫政策支持下，2017年兴海县投资2.1亿元打造了安多民俗文化村这个易地搬迁点。

2018年秋天，周德和贫困户村民们一起搬到安多村。"山上的草场都流转出去了，每年2000多元的租金。"周德掰着指头算收入，"女儿在村里当保洁员，外孙女上小学每天校车接送，我看病全报销，还有低保等补贴，家里年收入有3万多元。"

虽语言不通，通过翻译交流却很顺畅。当记者提到"建档立卡""低保"等词汇时，特别熟悉这些汉语字眼的她，眼里放着光，总是在笑。

采访临结束，她还追出门来，询问记者："免费医疗政策好，这一点你们记下了吗？"

兴海县扶贫开发局局长久先太说，放下牧鞭的村民们正在政府引导下，积极发展旅游等多元产业，这个新建的搬迁村两年来年人均增收2.16万元。

黄河蜿蜒曲折，从兴海县向东300多公里，流经黄南藏族自治州尖扎县。

图为2020年6月15日拍摄的位于青海省海南藏族自治州贵德县境内的丹霞地貌（无人机照片）。（新华社记者 吴刚 摄）

两年多前，尖扎县依黄河地势建成了有251套住房的易地搬迁安置点——德吉村，全县7个乡镇30个村的251户、946名藏族群众走出大山，搬到这里。

德吉村的蓝天，一碧如洗，成排的房屋中央是文化广场，旁边高大的黄河水车缓缓转动。如今，德吉村实现了从易地搬迁村到"网红景点"的转变，游客络绎不绝。

记者走进卓玛太家的民宿，院落里有优雅的木屋，屋内藏式土炕连接取暖的藏式铁炉，奶茶咕嘟嘟冒着热气。

"就像阳光照进我的家。"卓玛太这样形容国家扶贫政策。以前一家7口年收入不足1万元，在当地扶贫干部帮助下，他使用"关门是家、开门是店"的民宿经营模式，2020年暑期旺季每天进账超过3000元。

"德吉"，在藏语中意为"幸福"。在这里，我们看到了幸福的模样。

"十三五"期间，青海省全面完成38个县（市、区）、1249个村的易地扶贫搬迁项目，搬迁安置农牧民群众5.2万户、20万人，其中建档立卡贫困户3.3万户、11.89万人。

"太阳照耀在塔拉滩"

登上47米高的瞭望塔，曾经的荒漠戈壁变了模样，高天流云的影子在绵延天际的太阳能电池板上移动。

即便是记者放出高空无人机，也无法全览这个位于塔拉滩的大型光伏产业基地。

羊群在青海省海南藏族自治州光伏发电园区内吃草（2019年6月16日摄，无人机照片）。
（新华社记者 吴刚 摄）

"光伏园区有609平方公里，接近一个新加坡的面积。"海南州绿色产业发展园区管委会副主任涂新彭自豪地介绍，"青海上个月已刷新的'绿电百日'纪录，河南、北京等地的'绿电'，都有这个园区的贡献。"

位于海南州共和县的塔拉滩，昔日是沙丘遍布的荒漠戈壁，也曾是三江源风沙危害严重的地区。

"为生活，要养牛羊种地；为生态，需禁牧退耕。两难中，风沙逼走住户，最多的搬家3次。"共和县恰卜恰镇西台村党支部书记马进学说。

如何破解生态、贫困的双重难题？

从海西蒙古族藏族自治州的格尔木到海南藏族自治州的共和、贵

图为青海省海南藏族自治州共和县塔拉滩的光伏发电基地（2020年8月5日摄，无人机照片）。（新华社记者 邢广利 摄）

德，从果洛藏族自治州的玛多再到海东市的循化撒拉族自治县……记者沿路处处都能听到当地利用光照来做大光伏产业扶贫的故事。

抓住国家政策机遇，立足高海拔和日均日照时长达8小时等特殊地理气候条件，塔拉滩建成了光伏发电基地，其中容纳5县11个村采取"飞地"模式集中建设的50.5兆瓦村级光伏扶贫电站，探索出生态治理、新能源产业发展、贫困户增收有机结合的"生态扶贫"路径。

"一是设置与贫困户自身能力相适应的光伏公益岗位，实现家门口就业；二是大面积铺设光伏板遏制风速、涵养水土，改善局部生态。"海南州扶贫开发局局长王学军说。

有了光伏板遮掩，荒滩上的草慢慢长了起来。记者在现场看到，每排太阳能电池板的尽头，都竖有带着扶贫村名字的标牌；太阳能电池板下绿草繁茂，还特意留出1米多的高度，方便羊群穿行吃草。秋冬季时，除草消除火灾隐患也成了如今当地扶贫的工种。

光伏好效益带来扶贫好收益。塔拉滩园区设置脱贫户光伏公益岗位5664个，安排上岗1427人，发放工资174.23万元，为贫困群众带来好机遇。

新媳妇进家嫌穷、一个月就跑掉的西台村村民马生建，潦倒半生，直到2019年快50岁才又娶上了媳妇。

"多亏了光伏分红，我还能去园区放羊，算下来每月能挣3000元。"在鲜花盛开、蔬菜满园的家中小院里，马生建边聊边顺手拔了几个胡萝卜递给我们。

因为光伏，成千上万个"马生建""像重新活了一次"。

一路走来，一个感受越发明显：不论身处何处、环境如何艰苦，各地干部群众都在想方设法利用好优势资源来致富。哪怕只有一束光，也要用来照亮群众的日子。

目前，青海累计争取光伏扶贫指标721.6兆瓦，每年发电预期收入5.7亿元，直接带动8.74万户贫困户增收。其中村级光伏扶贫指标471.6兆瓦，实现了全省1622个贫困村村均290千瓦全覆盖，村均年度收益达到30万元左右，收益期长达20年。

"有了更辽阔的远方"

9月，开学季。兴海县安多民俗文化村的普化加，走进了青海民族大学，成为政治学与行政学专业的大一新生。3年前，他随长辈搬出贫瘠大山。如今的他，成了全家奔向更好生活的新希望。

9月，收获季。兴海县夏塘村的尤拉太转正了。2019年从青海大学毕业后，尤拉太被纳入一家电力企业的就业扶贫人才专项招聘计划，成为一名水电站实习员工。他说："转正后工资会涨，助学贷款很快就能还清了。"

……

如果说，易地搬迁是住上新房子，光伏产业是鼓了钱袋子，那么对教育的重视、观念的转变，则是贫困群众希望的种子，是脱贫攻坚中耀眼的光。

"脱贫攻坚""15年免费教育"……记者在青海藏文搜索引擎"云藏"看到的这些排名前10位的热词，充分透露出高原群众用奋斗创造美好生活的期盼之情。

新一轮脱贫攻坚战打响以来，在国家政策扶持下，青海各族干部群众倾力攻坚，全省42个贫困县、1622个贫困村全部脱贫退出，实际减贫53.9万人，高原大地发生巨变。

一场雨后的贵德县，丹山碧水蜿蜒相依，河谷林带郁郁葱葱。

在贵德县常牧镇切扎村，村民万德卡讲起两年前的场景，笑得合不拢嘴：当时，他作为脱贫光荣户代表到县里领奖——一辆农用三轮车，还即兴演讲了5分钟，"告诉大家是怎么致富的"。

人口多、草山少，5年前，万德卡一家被认定为建档立卡贫困户。5年来，万德卡一家不仅通过易地扶贫搬迁住上了新房，还用扶贫专项贷款投资羊羔生意，2019年开始他又担任草管员，生活红火了起来。

"等、靠、要，是拔不了穷根的。有党的政策帮助，我们更要自己去洒汗水、加油干。"万德卡的大儿子已经在青海民族大学读大二了，他自己还准备再投资开一个牧家乐。

青海阿妈罗罗文化传播有限责任公司的藏族小伙儿斗本加（右）和同事在给一部文化旅游宣传片进行后期制作（2020年8月5日摄）。（新华社记者 邢广利 摄）

当好政策遇上好干劲，双手就能创造好日子。

这几天，青海阿妈罗罗文化传播有限责任公司的藏族小伙儿斗本加，正忙着给当地的文化旅游宣传片进行后期制作。

30岁的斗本加带着几个伙伴，创办文化传播公司，已经拍摄了多部纪录片。斗本加这样说："我们就是用自己的镜头，记录家乡的巨变。"

镜头下最美的风景，莫过于"人"。

2019年，22岁的空姐周毛才让从福建厦门航空公司辞职，返回家乡海南州工作。

"读书工作6年后回来，家乡不仅建筑更高了，还有了越来越多的电商、外卖、网约车。家乡更美了，生活也更方便了。"记者面前的这个藏族女孩，装束时髦，腼腆之中透出这个年纪少有的自信。

说起沿海和家乡的异同，周毛才让有这样一个心愿：希望家乡有一天也能拥有机场，让更多的人飞到更远更辽阔的地方。

一旁的当地干部告诉我们，其实，离青海湖不远的海南州机场已在研究和规划中……

（新华社西宁2020年9月19日电　新华社记者张旭东、陈凯、王大千、陈炜伟）

特殊之年，荆楚大地书写不平凡的答卷

战"疫"，举国同心、舍生忘死；疫后，遭遇大汛，再经大考。战"疫"、战汛、战贫，三战并举，湖北书写了一份不平凡的决胜全面小康答卷。

克服疫情、汛情影响，湖北实现了现行标准下湖北农村贫困人口由2013年底的581万人减少到5.8万人，贫困发生率由14.4%下降到0.14%；全省4821个贫困村全部出列；全省37个贫困县全部实现脱贫"摘帽"。

记者深入荆楚大地采访发现，回望这段"太难了"的时光，湖北人民以不胜不休的决心、"滚石上山"的干劲、闯关夺隘的气魄，努力做到疫情防控不放松、脱贫攻坚不耽搁、小康道路上"决不拖后腿"。

战疫、战汛、战贫，三战并举

秋高气爽，正是一年农忙时。"现在到了新一季香菇点菌、养菌的时候，我计划种植3.6万棒香菇。"在湖北省十堰市郧阳区青龙泉社区香菇产业基地，易地扶贫搬迁户朱有福正忙着整理大棚，为即将上

在湖北省十堰市郧阳区青龙泉社区香菇产业基地，易地扶贫搬迁户在大棚中忙碌（2020年8月28日摄）。（新华社记者 肖艺九 摄）

架的香菇做准备。

朱有福2019年秋季种植了三个大棚的香菇，截至2020年夏初采摘结束，共收入约10万元。虽然疫情导致价格下滑，朱有福却心中有谱：种香菇，亏不了。他提前两个月就缴纳了秋季菌棒款和三个大棚的租金。

然而，朱有福年初时的心情，跟现在迥然不同，"疫情发生后，我们担心坏了，会不会砸手里，卖不掉。"他为香菇销售干着急，出不了门，吃不好、睡不着。

受疫情影响，湖北农副产品遭受省内流通停滞和省外订单削减"双重挤压"，一度积压滞销。据有关部门统计，第一季度全省认定的498个扶贫产品滞销达6.6亿元。

"鄂货"难卖，怎么办？为打通农副产品销售渠道，湖北各地探索"云带货"电商扶贫新模式。在朱有福所在的郧阳，当地借力互联网营销渠道，直接带动香菇等农产品线上销售3.5万余单，间接带动销售3400余万元。朱有福最初的担心终被打消。

疫情未了汛情又到，梅雨季节，湖北迎来1961年以来历史同期最大降雨量。

7月8日，一场大雨之后，阳新县三溪镇田西安置点72户易地扶贫搬迁安置户家中进水，228个屋门被浸泡变形，配套的蔬菜种植等脱贫产业遭灾。三溪镇负责扶贫工作的干部袁训行说，口罩、草帽、雨靴、雨伞，成为干部群众的标配，大家忙了一周，抽水排渍、消杀自救。

湖北省保康县马良镇赵家山村文体广场（2020年8月27日摄）。（新华社记者 肖艺九 摄）

据有关部门统计，汛情造成湖北2236万亩农作物受灾，灾情波及37个贫困县和2616个贫困村、83.7万贫困人口。

战"疫"、战汛，是躲不开、输不起的对决。战贫，更是郑重的承诺，必须如期实现，没有任何退路。在全面建成小康社会进程中，脱贫攻坚收官大考之时，疫情、汛情带来"加试题"。

疫情期间，家中的羊生病后因无法及时救治损失几只，孝昌县邹岗镇校堂村大学生"羊倌"唐根根还是主动捐款1500元。后来，汛情又造成他家的花生减产一半。"疫情汛情叠加起来，家里损失有1万元左右。面对疫情，我也想尽一份绵薄之力。"他说。

唐根根先天残疾，28岁的他身高不到1.5米。在面对困难"不信

湖北省孝昌县邹岗镇校堂村大学生"羊倌"唐根根抱起一只小羊（2020年8月26日摄）。（新华社记者 肖艺九 摄）

命"的精神支撑下，他自学养殖知识，还在当地扶贫工作队的帮助下成立合作社，成功带动了周围贫困户通过肉羊养殖脱贫致富。

脱贫致富，产业是关键。记者从湖北省扶贫办了解到，全省317家扶贫龙头企业、1315家扶贫车间已于7月全部复工达产，持续带动贫困劳动力发展产业和就业。

克服影响、不降标准、一鼓作气

"村庄建设一天一个样，现在全村房屋已完成外观改造，民宿年底就能正式运营。"武当山龙王沟村村民林涛言语之间，难掩兴奋。记者看到，村里正在完善旅游标识标牌、旅游厕所等配套设施。

龙王沟村建设提速，得益于政府部门对项目开工复工的"点对点"跟踪服务，让各类要素加快流动。截至目前，全省共安排扶贫项目38438个，已开工36198个，开工率94.17%。

面对疫情汛情影响，湖北提出把耽误的时间抢回来，把造成的损失补回来。

走进保康县马良镇赵家山村村民张继涛的家，宽敞整洁的房屋内，一箱箱火红的线椒格外醒目。在合作社的带动下，2020年4月张继涛主动调减玉米面积，增补25亩红线椒特色经济农作物。"如今线椒卖到了上海，一减一加，收入增加了近5万元。"张继涛笑着说。

喜悦背后，写满来之不易，更离不开全国上下的支持。

湖北最艰难的时候，党中央、国务院制定出台了支持湖北一揽子政策，国家部委、兄弟省市积极响应号召，纷纷"拉一把"：湖北37个贫困县全部被纳入贫困地区农副产品网络销售平台，销售扶贫产品

在湖北省保康县马良镇赵家山村，村民展示即将出售的线椒（2020年8月27日摄）。（新华社记者 肖艺九 摄）

3.66亿元；东部7省市与湖北开展劳务协作，为湖北贫困劳动力预留、定向投放岗位，截至2020年8月，全省已外出务工贫困劳动力达203.2万人，达到2019年外出务工贫困劳动力总数的107%。

外有"搭把手"帮忙，内有托底加保障。湖北2020年累计开发设置扶贫岗位31.29万个，安置无法外出务工的贫困劳动力就业。

郧西县香口乡下香口村吨袋车间内，建档立卡贫困户王合云正在缝纫机前忙碌，她丈夫和儿子也在车间进料和打包。"一家三口都在车间上班，每人每月能挣3000元左右。"她说。

2019年，她在吨袋车间上班，丈夫和儿子在外地务工，一家人顺利脱贫。疫情发生后，丈夫和儿子无法外出，待在家中"啃老本"，王合云焦急万分。当地政府为了解决"出不去"劳动力就业问题，帮扶吨袋车间增加了一个车间，王合云一家如愿实现了家门口就业。

面对疫情汛情影响，湖北提出坚决做到标准不降，聚焦全省未脱贫的5.8万贫困人口、监测边缘脱贫人口，强化支持帮扶，力争将影响降到最低，一鼓作气打赢硬仗。

小康路上，坚决不拖全国后腿

9月22日，中国农民丰收节湖北主会场活动在宜都国家柑橘农业公园举行。现场21家柑橘生产企业与来自全国各地的农产品批发市场、商超企业、电商平台等签订购销协议，签约数量30万吨，销售金额15亿元。

艾草随风摇曳，艾香四处弥漫。在蕲春县赤东镇蕲艾种植基地，十几名村民保持着间距除草。61岁的宋菊花远远跟记者打招呼，"这味道，既驱蚊又杀菌，闻了还想闻。"

"化危为机，也能逆风向上。"蕲春县中医药发展中心主任高志清说，抗疫过程中，中草药的作用彰显，蕲春迎来发展机遇期，2020年元月至7月，蕲春全县新登记涉艾企业218家。

面对疫情汛情的叠加冲击，尽管"太难了"，但是生活总要继续。如今的荆楚大地上，湖北人民已适应"晴天带伞""撑伞避雨""打伞干活"的生产生活状态。

抗疫期间，全省17658个驻村扶贫工作队就地转为防疫工作队，在疫情防控转入常态化后，迅速实现角色转换，战"疫"战"汛"又战"贫"。

　　"一个上有老下有小的女书记，太不容易了，多亏了她的帮助。"丹江口市凉水河镇檀山村贫困户王天林说，疫情期间，驻村扶贫第一书记王慧帮村民"跑腿"送生活用品，疫后又在忙碌着督促发展产业。

　　荆山腹地，群山奔涌。作为深度贫困县，七成以上地区属喀斯特地貌的保康县上半年脱贫"摘帽"。该县马良镇赵家山村老支书王述顺经历过山村从没水吃，到吃远水、脏水、雨雪水，再到自来水入户，他对奔小康信心满满。"我们能破解喀斯特地貌吃水难的世界难题，啃下'硬骨头'，小康路上，我们也坚决不拖后腿。"王述顺说。

　　（新华社武汉2020年9月25日电　新华社记者吴植、李伟、田中全）

三

走出来，
触摸远方的希望与幸福

触摸幸福

"走出来"的希望之路
——广东联手四省区劳务协作扶贫故事

48岁的何公各，两年前鼓起勇气走出四川大凉山，来到广东佛山的一家企业，"靠打工挣钱"，让她的家庭迅速摘掉了"贫困户"的帽子。

20岁的张江玲，从云南怒江州来到珠海接受技工教育一年后，誓言"要靠自己的努力过上更好的生活"。

2016年以来，广东与广西、四川、贵州、云南四省区通过劳务协作，帮助深度贫困地区部分建档立卡贫困户到广东企业打工，实现快速脱贫、稳定脱贫。在这条"走出来"的扶贫路上，幸福正在生根发芽。

"走出来"：去触摸远方的幸福

盛夏，佛山市三水区广东星星制冷设备有限公司的车间内，45岁的李力挖正在流水线上给制冷橱柜安装压缩机。虽然个子不高且身患残疾，但他动作熟练，是车间里公认干活最卖力的员工之一。在这个大车间的另一边，李力挖的妻子、48岁的何公各负责组装制冷橱柜，她很爱笑，眼睛常常眯成月牙形。

在佛山市三水区广东星星制冷设备有限公司车间内，来自四川凉山彝族自治州盐源县的李力挖（前排中）和工友们合影（2020年6月22日摄）。（新华社记者 邓华 摄）

李力挖与何公各都没上过学，是四川凉山彝族自治州盐源县建档立卡贫困户。种玉米种土豆，养猪养家禽，是他们多年来的谋生手段。连两个儿子上学的生活费，也常常让这一家捉襟见肘、东拼西凑。

2018年，佛山市与凉山州两地政府组织东西部就业帮扶。穷怕了的何公各动了心思，思前想后，最终鼓足勇气和一批老乡一起，在政府的组织下来到了珠三角。她告诉记者，自己当时心里就想着，"不行我就再找政府把我送回去"。

这是改变命运的一次决定。何公各很快学会了生产线上的操作，没多久就把欠亲戚朋友的债都还了。一个月后，何公各又把丈夫带进了这家企业，两口子一起打工，一年能有8万元左右的收入，孩子的学习生活费用再也不愁了，年底还能有几万元存款。"不欠别人钱了，很有安全感，要是早点出来就好了。"何公各笑着说。

对于深度贫困地区的贫困户而言，务工就业往往是最直接最有效的脱贫方式。2016年以来，广东在东西部扶贫协作中，充分发挥就业市场优势，将就业扶贫作为助力西部决战脱贫攻坚的重点。

从2017年到2020年6月，广东落实东西部扶贫协作协议，共转移桂、川、黔、滇四省区贫困劳动力到广东就业34.64万人。

2020年，四省区共需转移到广东就业的贫困劳动力人数为13145人，截至2020年5月底，尽管受到新冠肺炎疫情的影响，已转移的就业人数仍然高达53518人，数倍于协议人数。

"留得住"：用真心陪伴，与温暖同行

许多深度贫困地区的贫困户一辈子都没有走出过大山。"到千里之外务工"，并非一个容易做出的决定。

"2016年11月底，第一批来到珠海就业的务工人员一共155人，有的人一下车就哭着要回去，两个月后只剩20多人。"云南怒江傈僳族自治州派驻珠海的稳岗干部杨世强说，气候不适、水土不服、饮食不习惯、工作难上手等，都是这些务工人员要面对的问题。

既要来得了，更要稳得住。为了解决回流的问题，珠海专门设立了"怒江员工之家"，为来到珠海的怒江州贫困劳动力免费提供吃、住、培训、求职等服务，对工作岗位不适应的还可回到这里重新择业。

为让怒江州贫困劳动力在千里之外也有说家乡话的"娘家人"，和他们一起来到广东的还有当地干部。杨世强就是其中一位，他在珠

在佛山市三水区广东星星制冷设备有限公司提供的夫妻宿舍里，李力挖（右）、何公各在休息时间玩手机（2020年6月22日摄）。（新华社记者 邓华 摄）

海已连续工作4年，工人开工资卡会找他，想换工作换岗位也会找他，过节返乡负责安排的也有他。

有了员工之家，有了稳岗干部，有了通过努力脱贫的身边典型，怒江州的贫困劳动力在珠海越来越稳定、安心。2020年怒江州通过劳务协作来珠海的贫困务工人员有3000多人，到目前为止，只有70多人因为各种原因返回了家乡。

关心这些贫困户的，还有那些接收企业。佛山市顺德区东菱智慧电器科技有限公司人事部经理徐庆、珠海鹏辉能源有限公司人力资源部经理吴世红等许多企业负责人，这两三年里已经分别前往凉山州、怒江州十多次，与当地群众结下了深厚的感情。

"做得慢、做错了没有关系，我们要给机会，有耐心让他们学

在佛山市三水区广东星星制冷设备有限公司车间内，来自四川凉山彝族自治州盐源县的何公各在组装设备（2020年6月22日摄）。（新华社记者 邓华 摄）

习。一般做到3个月后，他们就和其他工人做得一样好了，有些甚至会更好。"吴世红说。

有人铺路架桥，也有贴心政策温暖。

为了把贫困劳动力留下来，广东省各级政府给出了大力度的支持政策：贫困务工人员在广东务工达到一定条件，直接发放务工补贴；企业每招聘一名贫困务工人员并稳定就业6个月以上，对企业实施补贴；实行岗位余缺调剂制度，确保贫困务工人员始终有岗位选择……

"走得远"：心中装满梦想，脚步充满力量

留在大山，眼前就是世界；走出大山，世界就在眼前。

凉山州金阳县的沙马纠土夫妇2018年来到佛山顺德区东菱智慧电器科技有限公司工作，夫妻两人如今一年能挣近10万元。沙马纠土说，刚开始到佛山来务工，多少有点奔着拿补贴的念头，但他很快改变了自己的想法，对工作和生活也有了新的认识。

"贫困不是我们的资本，不能靠政府扶持一辈子。"沙马纠土说，这次出来后真正认识到读书有多重要，他一定会让自己的孩子好好读书，改变命运。

为了让帮扶地区的贫困人口在追求小康的路上"走得更远"，广东还通过技能教育培养贫困户年轻一代的职业能力，努力斩断"穷根"，阻断贫困的代际传递。

2016年底开始，珠海市技师学院开始实施对怒江州的技工教育帮扶，对怒江州有意愿接受技工教育的初中、高中毕业生实行百分之百接收入读、百分之百推荐就业。珠海市技师学院院长高小霞说，学院对"怒江班"贫困家庭的学生免除所有费用，还给予每年6000元生活补助和其他各类补助。

2017年高中毕业的怒江州学生张池，家庭经济困难，一直忧心未来升学和就业问题。在人生关键阶段，她被免费接收入读珠海市技师学院"怒江机电高级技工班"。张池所在的"怒江班"学生已于2019年7月开始在珠海优质企业顶岗实习，她与另一位同学还被企业作为技术骨干送到德国培养。

"我已经决定跟公司签订正式就业合同，转正后每个月工资有5000元。"张池说，他们班50多名学生除极少数选择回家乡发展，大部分都留在珠海，他们将在这里勇敢追逐自己的人生梦想。

"走出来"，改变的是生活；"走下去"，改变的是命运。抱着对美好生活的向往，越来越多贫困户以无比的勇气与决心，走出大山，敲开通往幸福生活的大门。

（新华社广州2020年7月14日电　新华社记者肖文峰、肖思思、黄浩苑、李雄鹰）

23万人的命运转折
——我国最大易地生态移民安置区的脱贫密码

　　22年前，这里是一张人迹罕至的"白纸"，风吹石头跑、天上无飞鸟；如今，这里是一幅安居乐业的画卷，绿染荒原千里秀、洗尽贫寒满目新。

罗宗清在宁夏吴忠市红寺堡区新庄集乡康庄村的新家前展示以前老房子的照片（2019年7月24日摄）。他家于2001年从中卫市海原县搬迁到这里。（新华社记者 冯开华 摄）

拼版照片：上图为经过多年的生态修复，宁夏吴忠市红寺堡区新庄集乡移民旧址已逐渐被绿色覆盖；下图为戈壁荒滩上建起的红寺堡移民新村（2018年9月8日摄，无人机照片）。（新华社记者 王鹏 摄）

　　自1998年起，在素有"贫瘠甲天下"之称的西海固地区难以就地脱贫的部分群众，怀揣着对新生活的向往迁往地势相对平坦的宁夏吴忠市红寺堡。随着23万余人陆续迁入，红寺堡，这片罗山脚下的土地也由昔日的荒原，渐成我国最大的易地生态移民安置区。

从贫困发生率超过三成，到如今的0.76%；从被视为宁夏脱贫攻坚硬骨头中的硬骨头，到2020年3月退出贫困县序列；从迁入时仅有一口铁锅和破旧铺盖，到现在开汽车、住新房……移民的日子翻天覆地，新家的变化日新月异。

从苦涩荒原到幸福绿洲，这片土地沧桑巨变的奥秘何在？

生活，在汗水中发芽

在年平均蒸发量2000多毫米而降水量仅为一两百毫米的红寺堡，水是稀缺的。借助一级级泵站，奔腾的黄河水被抬升了300多米流向荒原，从此旱地变水田。但对种惯了旱地的移民来说，水田却成了在这里立足时最大的挑战。

"头回面对水浇地，既喜又愁。通过农技人员讲解，我们才知道，种水田，春季耕地时遇大风很容易风干，种子不好发芽。"红寺堡区大河乡开元村村民禹万喜说，要不是每年一轮轮的农业技术培训，他做梦也不敢想能靠种地致富。

在西海固老家时，禹万喜不喜种地，就爱养羊、贩粮，邻里乡亲都说他"不安分"。但老家交通条件差，他"折腾"多年也没起色。听说红寺堡移民开发，禹万喜报名成了首批移民。搬迁当天，父亲从村口折下一根柳枝交给他："娃娃，你去了把这柳枝栽上，树活了，人就能活下去；如果树活不了，你就回来。"

如今，羸弱的柳枝长成大树，禹万喜在地里"种"出了车子和楼房。

工人在宁夏红寺堡区百瑞源原生态枸杞种植基地采摘头茬枸杞（2020年6月5日摄）。（新华社记者 冯开华 摄）

幸福生活的"甜度"，关键看收入。

柳泉乡柳泉村村民赵小梅因丈夫患病不能干重活，一人挑起生活重担。"在老家，靠几亩薄田，使出浑身力气也只能把肚子填饱。来到这儿，路好水好地也好，只要多吃苦，生活就真能甜。"赵小梅说。

除了自家3亩玉米地，她一年能在"别人家"地里忙9个月。2月在枸杞地里打杂，3月、4月修剪葡萄藤，6月开始采摘枸杞，7月、8月采摘黄花菜，9月左右收葡萄，10月、11月收萝卜……"不得闲"的赵小梅，2019年年底终于脱贫了。

赵小梅的增收路，折射出红寺堡的产业选择逻辑。6000余亩"长美"白萝卜、5.6万亩枸杞、8.02万亩黄花菜、近10万亩酿酒葡萄……在因地制宜的基础上，优先选择能错峰用工的产业，争取让村民全年无闲。

"目前我们九成以上的建档立卡户都有增收产业，农民年人均可支配收入由移民之初的不足500元，增至去年底的9825元，其中特色产业收入超过40%。"红寺堡区委书记丁建成说，大力发展适宜本地的产业，是打赢脱贫攻坚战的重要支撑。

命运，在书本里改写

"1999年6月，13岁的我在老家刚上初一就辍学了，不是因为不喜欢上学，而是在老家上学的路太苦了，要翻越几个山头才能到学校。"红寺堡区干部马兴龙回忆说，辍学后的那个夏天，他随父母搬到红寺堡，家门口的学校让他重新燃起对读书的渴望。他成了红寺堡首批初中生、首批高中生，那届300余名高中生近半数考入大学。

幸福生活的"厚度"，取决于重视教育的程度。

作为移民区，红寺堡的贫困学生多。为了让每一个贫困学生都能有学上，当地用好国家、自治区和社会各界助学措施：高中、中职、高职、大学本科等阶段的建档立卡户学生，以及非建档立卡户二本以上家庭经济困难大学生，每人每年可获得1000元至7000元不等的资助；对贫困程度较深的马渠生态移民区，筹措专款免除幼儿园保教费，补助幼儿生活费……不仅如此，2017年红寺堡在宁夏率先设立教育扶贫基金，在财政十分紧张的情况下，每年筹措不少于1000万元，对贫困学生进行常态化资助。

每个被教育改变命运的农村孩子背后，都有一批乡村好老师。可乡村学校凭啥留住好老师？凭待遇，凭关爱。

按照学校离城市远近、艰苦程度，核定农村教师补贴，最近的人均每月可享受260元补贴，最远的可享受860元；每年为45岁以上的教师免费体检一次……大力度的倾斜政策，让教师队伍扎下了根。靠着扎根乡村的名师指路，红寺堡区高考一、二本上线率连续多年在西海固九县区中名列前茅；中考、高考成绩位于吴忠市前列。

升学率的提高，是更多农村孩子命运的改写，是一个个贫困家庭的"脱胎换骨"。

村民马忠莲的家在红寺堡区新庄集乡红川村，推开家门，干净整洁的地板、时尚的水晶灯和新款沙发，充满着都市气息。

"这些都是大闺女去年大学毕业后用工资'攒'下的。"没念过一天书的马忠莲有些羞涩地说，以前还曾因女儿放学只顾写作业不去喂牛而呵斥过她，如今"苦日子熬出头了"。

"红川村的大学生，不仅是全村摘穷帽的底气所在，更是红火日子的保障。"红川村驻村第一书记杨虎说，全村常住人口4900多人，近4年已毕业大学生150人，目前还有210人在大学就读。

红川村只是红寺堡区众多村子中的一个。"教育扶贫不仅逆转贫困学子个人命运，更是脱贫攻坚中阻断穷根的关键一招。"红寺堡区区长谭兴玲说，让每一个孩子上得了学、上得好学，是决胜小康社会的"虑长远"之策。

幸福，在"心安处"生长

红寺堡没有"原住民"，当地的所有居民均来自宁夏固原市原州区、西吉县、泾源县等西海固县区，包括汉族、回族、蒙古族等14个民族。当地几乎每个行政村都有来自不同县区的移民，不尽相同的文化背景和生活习俗给乡村治理带来不小的难度。

红寺堡区红崖村曾是远近闻名的"上访村"。"刚搬来时，有些村民一有矛盾就动拳上脚。"红崖村村干部任建举说，以前你问村民是哪里人，他不会说是红寺堡人，而说是西吉人、隆德人等，因为缺乏感情积淀。

幸福生活的"温度"，要看乡村治理的力度。

红寺堡区克服财政压力，整合各类资金2400多万元，在全区64个行政村高标准建设综合文化服务中心，并细化管理方案。昔日搓麻将的手玩起了篮球、骂仗的嘴唱起了秦腔……如今，农闲时节，广场舞、唱秦腔、篮球赛等成了各村"标配"。

在红崖村，乡里乡亲越走越近：村民自发组建起的"红袖标"巡逻队，及时发现建档立卡贫困户何文花家牛棚失火，保住了这家人的致富希望；村民杨军成遭遇交通事故，乡亲们自发捐出7万多元助其渡过难关……

提升乡村凝聚力，光靠文化还不够。在鼓励村民建立红白理事会、村民调解委员会等的同时，红寺堡区综合考虑村组巷道布局、姓氏家族等因素，按照每5至15户推举1名代表的方式由农户自行推荐村民代表，让群众更积极主动地参与乡村治理。

"以前有村民担心村干部优亲厚友不公正，现在，更加公开透明的村务处理模式增强了干群互信。"新庄集乡人大主席锁金银说，人心齐，是乡村振兴的保障。

此心安处是故乡。如今，再有人问"你是哪里人"，越来越多村民会自豪地说：红寺堡人！

宁夏吴忠市红寺堡区红寺堡中心小学学生在课后社团活动上练习腰鼓（2020年7月3日摄）。（新华社记者 贾浩成 摄）

有人说，曾经生活在西海固、因脱贫无望而迁出的红寺堡人能脱贫，是一个奇迹。但红寺堡人说，黄河为鉴、罗山可证：奇迹，是奋斗的另一个名字。没有党的富民政策持续滋润，没有23万多名干部群众踏石留印、接续奋斗，荒原怎会有奇迹！

（新华社银川2020年7月27日电　新华社记者王磊、何晨阳、靳赫）

两次迁徙"搬穷"记

——海拔最高县双湖的"战贫故事"

72岁的双湖县嘎措乡牧民达瓦次仁一生经历了两次大迁徙。

一次是1976年的年初，

一次是2019年的年底。

一次是为了求生存，

一次是为了好生活。

一次从很高搬到最高，

一次从云端搬到河谷。

两次都刻骨铭心。

寻　地

第一次迁徙，达瓦次仁28岁。那是44年前。

他把3岁的女儿扶上瘦削的牦牛背，赶着牛羊跟"北迁"大部队整整走了27天，目的地连准确名字都没有，远达数百公里。

他知道，那里曾被旧西藏领主们描述成阴森恐怖的"鬼地"；但他不知道，那极高极寒的无人区后来会成为"世界海拔最高县"。

乡愁难舍，故土难离，是什么让他们背井离乡去"鬼地"？

"不搬不行啊！"今年78岁曾任双湖县嘎措乡党委书记的白玛说，"现在的双湖县本是那曲市申扎县的一部分，当时申扎的人畜都挤在南部，牧民常因抢草场打架。"

为解"草少人多"困局，当地干部把目光投向北部无人区。

无人区盐湖众多，为讨生活，旧时一些牧民冒险跑到那里驮盐换粮——意外发现"鬼地"另有"秘境"：虽极度高寒，但有些地方水草不错。

是否适合成规模迁入？是否适合长期居住？——自1971年起，时任申扎县县长洛桑丹珍四次带队前往无人区考察。

这一寻找生存领地之旅，异常艰苦悲壮。有时，几天喝不上水，只好口含生肉——后来顺着野驴蹄印才找到水源；有时，熟睡中一阵大风就把帐篷吹跑。

好在罪没有白受，考察发现"鬼地"确有不少地方"水草丰茂"，藏羚羊、藏野驴、野牦牛等野生动物成群奔跑。

千条万条，水草是牧民活下去的第一条。与其都挤在南部没饭吃，不如向北"逐水草"开拓新天地。

1976年初，西藏自治区党委、政府正式决定组织群众开发无人区——那个后来叫双湖的地方。

就这样，达瓦次仁开启了挺进藏北的大迁徙。

北　迁

这是一次"说走就走"的征途。

　　"当时真叫'一穷二白'，两顶帐篷就是全部家当。"坐在山南市贡嘎县雅江边宽敞明亮的新居里，达瓦次仁回忆起那次大迁徙，仿佛就在昨天。

　　"一会儿烈日，一会儿飘雪……"我们听着他对迁徙险途的描述，似乎还能听到当年的风雪声，"有时风沙一起，牛羊都找不着。"

　　没车，没路，没导航！牧民们上看日月星辰，下辨山草湖沼，拖家带口，驱牛赶羊，近一个月终于"摸"到了完全陌生的"新家"。

　　除了水草多些，"新家"并不"友好"——平均海拔5000多米，空气含氧量仅为内地的40%，每年8级以上大风天超200天，堪称"生命禁区"中的禁区……

几只藏羚羊出现在那曲市双湖县西藏羌塘国家级自然保护区（2020年8月5日摄）。（新华社记者 李贺 摄）

建设新家园，一切都要从零开始。

"连牛羊圈，也是现垒的；石头，也是现找的……"达瓦次仁说。

除了嘎措乡，其他几个乡数千名牧民也陆续搬到这片面积近12万平方公里、比3个海南岛还大的亘古荒原。

1976年，这里设立了双湖办事处；2012年，国务院批复成立双湖县——这也是我国最年轻的县、海拔最高的县。

"再也不用争草场了。"这是达瓦次仁搬到双湖后最欣慰的事。

命运总是眷顾奋斗者。渐渐地，新家园有了模样：路通了，有电了，能吃上糌粑了，帐篷变土房了……

转　折

双湖是眼睛的天堂。"过客"们会惊叹这里的辽阔壮美、诗情画意。

双湖是身体的地狱。对于常年生活在这里的人来说，他们更多地要体味大自然残酷的一面。

比起搬迁前，尽管多数牧民越过越好，但在这个被称为"人类生理极限试验场"的地方，想过上高质量的生活，并不容易。

高原病多发，就医就学就业难度大，贫困发生率曾高达35.67%，双湖"毫无悬念"地成为全国深度贫困县。

改变的时刻到了——2013年党中央提出"精准扶贫"，全面打响脱贫攻坚战。

"全面小康路上一个也不能少"，习近平总书记代表中国共产党

72岁的双湖县嘎措乡牧民达瓦次仁在位于贡嘎县森布日村的新家门口和小外孙女玩耍（2020年8月7日摄）。（新华社记者 李贺 摄）

作出的承诺掷地有声，双湖没有因"远在天边"而被遗忘。

组建现代合作社破解牧业发展难题，在援藏工作队帮助下开发高原湖卤虫卵产业，探索"羌塘高原原生态体验游"……双湖人使出十八般武艺。通了柏油路，接入大电网，土房换瓦房……贫困人口一个一个减少。

但全面小康绝不仅仅是温饱，随着脱贫决战攻近"最后堡垒"，双湖人发现，有些难题单靠"就地扶贫"这招不灵了——

青少年发育偏缓，不少牧民深受高原病折磨，全县人均寿命仅58岁，比西藏全区人均预期寿命低12岁……

"草场正以每年3％至5％的速度加剧退化。"西藏自治区林业和草原局自然保护地管理处处长扎西多吉摊开地图，提到另一个矛盾，"双湖一半以上面积在羌塘国家级自然保护区内，人畜和野生动物矛盾日益凸显。"

认识总是在实践中提高：北迁双湖，更多的是生产力相对落后时代的一种"权宜之策"；走向小康，不能只在"就地扶贫"的传统思路上绕圈圈。

彻底断掉穷根，过上更高质量生活，还是离不开一个字——搬。

2018年，西藏自治区党委、政府决定实施极高海拔地区生态搬迁规划。

达瓦次仁，也迎来了人生第二次大迁徙。

南 徙

这一次，达瓦次仁71岁。

他把家人领上冬日里的温暖大巴，跟着搬迁车队浩浩荡荡走了两天，目的地叫森布日，在拉萨之南。

他知道，那里是海拔降了1000多米、气候更加温润的雅鲁藏布江河谷；他也知道，可"拎包入住"的宽敞新居正等着他们。

从拉萨翻过一座山，就是达瓦次仁的新家贡嘎县森布日村。这里是西藏极高海拔地区生态搬迁安置点，离拉萨机场仅10多公里，不时有客机擦着白云从低空划过。

远远就看到各家房顶飘扬的五星红旗。雅江边，一栋栋崭新的二层藏式民居整齐伫立，学校、医院、超市等一应俱全。

"这哪像'村'啊，分明是高档社区！"不知谁说了一句。

图为位于贡嘎县森布日的易地搬迁新村一景（2020年8月7日摄）。（新华社记者 李贺 摄）

"惊喜！"在明亮洁净的藏式客厅里，达瓦次仁穿着印有硕大格桑花的黑T恤，激动地描述着踏入新居时的心情，"做梦也没想到古稀之年还能住上这样的好房子。"

门牌上写着"150㎡"，洗衣机、电视机、煤气灶等一件不少，光冰柜冰箱就有好几个。

达瓦次仁给我们展示冰柜里满得快合不上盖的牛羊肉，唠叨起搬到双湖前的"艰难岁月"：那时一天只有两顿饭，吃糌粑就是梦想的幸福生活。

不过，达瓦次仁的老伴洛桑琼玛并没有一起在森布日享受"新生活"，她还在双湖。

"为什么不在森布日住呢？"在海拔近5000米的玛威荣那村，我们忍着强烈的高原反应问。

图为新建的森布日幼儿园（2020年8月7日摄）。（新华社记者 李贺 摄）

"太热了！"老太太的"理由"让我们有点错愕。

"气候适应有个过程，另外目前双湖还需要人手。"双湖县委宣传部副部长旦增穷培在一旁解释，政府设置了一个过渡期，在搬迁点新产业完全跟上之前，部分牛羊留在双湖，主要由青壮年放牧，老太太回来"避暑"也帮挤奶剪羊毛。

"我们老人无所谓。为了下一代的教育和健康，我支持搬迁！"洛桑琼玛慈爱地看着玩累了和衣睡在一旁的孙子，"开明"的态度再次让我们吃惊。

孙子上幼儿园大班，明年将在森布日新建的学校上小学——那里已有696名双湖学生。

"双湖太冷，学生早上都缩在被窝里，起来了手里也抱着暖杯而不是书本。到了森布日，校园里就能听到朗朗的晨读声了。"走在设施齐全的新校园，学校党支部书记邓增曲加说，学生搬下来后更有精气神了。

看到孩子们的变化，一度不愿搬迁的白玛说："我也慢慢理解了，这对生态保护、子孙后代都有好处。"

新 生

双湖县多玛乡牧民次多是躺在床上接受我们采访的，但看不出颓气。7年前，在双湖县多玛乡，次多骑摩托车去4公里外的湖边取水，摔断颈椎伤到了神经，至今只能躺在床上。

"要是早像现在就好了！"措吉坐在丈夫身边轻轻地感慨。

他们现在住在彩渠塘移民新村，新居128平方米，厨房厕所是"标配"，外出"砸冰打水"成历史。

新村在当雄县，地理书上著名的羊八井地热就在这里。

选址这里有深意——西藏风湿等高原病多发，巧用羊八井的温泉资源，设立风湿病防治研究基地，可治病还能治贫。

"现有150户683人，都是从那曲、阿里等高寒地区搬下来的贫困户。"村支书达瓦介绍这批"特殊村民"，"每家至少有一人患高原病。"

搬来之前，措吉已被风湿病折磨了20多年，肿胀的膝关节让她一度几乎没法走路。就在措吉以为下半辈子只能与残腿为伴的时候，搬迁的好政策来了。

为了改变农牧民因病致贫的情况，2017年，西藏开始将措吉这样的高原病患者家庭集中搬迁到羊八井，并派医学专家团队为患者免费治疗。

"看，走路没问题。"措吉微笑着"走两步"。"像她这样的很多。"村支书介绍，经温泉、针灸等免费综合治疗，患者的病痛大多有缓解。

了解越多，我们越明白次多一家没有颓气的原因——次多有残疾补贴，一家每年光草补就有4万多元，牲畜入股合作社有分红，两个子女在温泉度假村有工作……

和次多两个子女在本地就业不同，双湖县牧民次仁拉姆和格桑央吉一走就离家近万里。

上海市闵行区万源路928号，宏亮酒家。

人们很容易认出这两个藏族女孩：偏黑的肤色、害羞又腼腆的笑容，说话声音压得很轻，干起活儿来却干练专注。

而一年前，在家乡双湖县，放羊还是两位女孩全部的生活。

从"牧羊姑娘"到"都市职人"的身份变迁，背后是双湖县推动牧业转型、拓展就业渠道的努力，让牧民们搬得出、留得住、能发展——2019年3月，首批转移就业人员10多名牧民抵达上海；未来，还有13名牧民将成为北京冬奥会的礼仪接待人员……

双湖县委书记杨文升说："从生存到生活，再到生态，双湖人的两次生命迁徙故事，鲜活地说明中国共产党始终是为人民谋幸福的。这种惊天动地的迁徙，只有在党的领导下才能做到。"

尾　声

两次迁徙三个家，从两顶帐篷到一座土屋，再换成瓦房，又搬进楼房，达瓦次仁的"家史"，浓缩了半个多世纪西藏人民的翻身史、奋斗史、进步史。

2019年底，双湖县脱贫摘帽。

数据显示，脱贫攻坚以来西藏已累计脱贫62.8万人——这个我国唯一的省级集中连片特困地区，74个贫困县（区）已全部摘帽。

"我想要穷者远离饥荒，我想要病者远离忧伤。"大型史诗剧《文成公主》中，松赞干布吟唱的这个"千年愿望"，正在新时代变成现实。

（新华社拉萨2020年9月26日电　新华社记者沈虹冰、谢锐佳、张京品，参与记者：张惠慧、黄河、邱丽芳、田金文、吴振东、朱翃）

决战乌蒙
——中国消除千年贫困的一个缩影

"乌蒙磅礴走泥丸"。乌蒙山横跨云贵高原，绵延250公里，平均海拔逾2000米，多喀斯特地形，难以稼穑，水贵如油。

这里有全国贫困人口最多的地级市，也有全国跨县易地扶贫搬迁的最大安置点。在这里，打破贫困"锅底"的战斗正在冲刺"最后一公里"。

改革开放以来，中国已使7亿多农村贫困人口摆脱贫困，剩下的500多万将在2020年全部脱贫。这是中国实现全面建成小康社会奋斗目标的重要里程碑。乌蒙山区的变化是这一壮阔历史进程的缩影。

攻克最后堡垒

靖安新区是云南昭通大型跨县易地扶贫搬迁安置区，新楼林立，配套设施齐全，外观与城市无异。

云南省昭通市委书记杨亚林说，乌蒙山生存条件太难，一方水土养不了一方人，"不能改变穷山恶水的环境，就把人搬出来，党和政府下了最大决心。"

云南省昭通靖安新区（2020年8月8日摄，无人机照片）。（新华社记者 江文耀 摄）

近年来，昭通把36万多名贫困群众从大山里搬出来，让他们住进了安置区。

靖安新区建立了就业中心，工作人员正忙着组织搬迁户外出务工。"刚搬过来就遇到疫情冲击，一口气都不能松。"靖安安置区临时党工委书记周祥说。在新区楼道里，贴满了务工需求信息。

疫情期间，昭通在外务工的200多万人中有84万人返乡，到9月中旬，98%的务工人员已经回到江浙等地上班。

搬迁户在贵州省毕节市柏杨林安置点扶贫车间内编藤艺（2020年8月3日摄）。（新华社记者 刘续 摄）

环绕新区，新商铺正在装修和招商，为搬迁户提供工作岗位。

57岁的祁仕清一家2020年3月从云南省永善县码口镇烟坪村搬来。以前山里种几亩地，粮食刚够吃。全家年收入4000元，要养活6个孩子，十分困难。

搬迁后，大孩子出去打工，祁仕清与老伴鲁洪凯在安置区广场租下小摊位，卖烤洋芋，每天能挣50多元。

在贵州大型易地扶贫搬迁小区毕节市柏杨林安置点，56岁的腿部残疾农民杨青中正在扶贫车间编藤椅。搬迁前，他家住在山里约40平方米的旧房，靠种玉米和养猪糊口。在政府帮助下，如今他一家6口搬进了120平方米的新房。

贵州省毕节市赫章县的恒底社区（原恒底村）是一个深度贫困

村，贫困户门前贴有保障"明白卡"，详细记录家庭基本信息，以及致贫原因、收入状况和帮扶责任人等信息。

毕节市委统战部下派的驻村干部余忠伟来到44岁的彝族群众罗国米家进行走访。罗国米的丈夫在浙江打工生病住院，读高一的大女儿因肾病休学，还有两个女儿和一个儿子在上学，生活压力大。

余忠伟请罗国米把丈夫的看病单据寄回来，他好拿去帮忙报销，还打算为罗国米的女儿申请减免医疗费。

乌蒙山区困难的路况也渐渐改善。35岁的云南省镇雄县碗厂镇村民吴兵，在投用不久的镇客运站候车，准备前往90多公里外的县城打工。他记得，2017年前，山区土路难行，要花五六个小时才能到县城。如今车站定时发车，路也硬化了，两个多小时就能到。

镇雄县交运局规划股股长邓声碧说，到2020年年底要建成5000公里村组公路，未来5年再建4000公里，实现自然村通硬化路。

"当前，脱贫攻坚已到决战决胜关键时期，我们更要坚定信心、真抓实干，不能停顿、不能大意、不能放松。"杨亚林说。

凝聚组织力量

37岁的李天艳是贵州省毕节市赫章县结构乡大山村党支部书记，记者跟随她走进赫章县的崇山峻岭。这是一条长满野草灌木的山路，海拔2100米，日光如瀑，一路行去，大汗淋漓，脸和胳膊晒得生疼。

李天艳曾和同事来到这里的拨拉组苗寨，动员并帮助乡亲搬迁。他们住在山里，渴了喝山泉水。搬家时，80名干部手拉肩驮，把32户老少群众，连同他们的家具，用15天时间搬了出来。"干部脱皮，群众脱贫。"李天艳说。

茅草房和土石屋消失了，退耕的山上栽满桑树，成为搬迁群众增收的新来源。

在乌蒙山贫困地区，处处能看到共产党员的身影。"党政一把手负总责、五级书记抓扶贫"的责任制为脱贫提供了组织保障。从省委书记到普通干部都有贫困县或贫困村的帮扶联系点。

镇雄县委书记翟玉龙2020年剩下的日程都已排满。除了非开不可的会议，其余时间基本都待在村里。他说："机关食堂经常是空的，因为干部'下沉'了。"

据统计，近年来，全国共派出25.5万个驻村工作队、累计选派290多万名县级以上党政机关和国有企事业单位干部到贫困村和软弱涣散村担任第一书记或驻村干部。

贵州省毕节市赫章县政府办公室副主任张宁2018年8月来到赫章县河镇彝族苗族乡双河村任第一书记，带领村民发展产业。其间他突发肾病，需要透析。但他不愿回县城，一直坚持到2020年6月。

他说："我生病了，真不好意思，对不起乡亲。生病不算什么，比我困难的人很多。有的干部带孩子驻村，有的还牺牲了。"

过去几年，乌蒙山区有多名干部牺牲在脱贫攻坚一线。有的积劳成疾去世，有的在帮助困难群众时遭遇不幸。

为脱贫攻坚而建的新型基层党组织十分活跃。在云南省昭通市鲁甸县卯家湾易地扶贫搬迁安置区，40岁的沈中银是一个"网格党支部"书记。这个新区有19幢楼，分为6个网格，6名党支部书记都是从搬迁户党员中选出。

沈中银负责的网格有19名正式党员，日常工作包括宣传党的脱贫方针、为搬迁户讲解法律法规和城市生活常识等。支部还与就业工作站一起组织大家到外地务工，并在疫情期间建立起防控小组。

杨亚林说，脱贫取得成功，关键就是坚决依靠党的组织化领导。干部群众一条心，敢打善拼，坚韧求成，"再硬的骨头也要嚼碎"。

扶贫中的表现，成为识别和提拔干部的一条标准。云南省在2019年提拔使用了5600多名在脱贫攻坚第一线工作实绩突出的干部。

汇聚八方支援

进入8月，杨亚林忙碌着接待从教育部、财政部、国家发展改革委、中央党校等单位前来支援脱贫的干部和专家，把他们带到村里。

乌蒙山区成了全国扶贫的"试验场"。这里云集着中央各部委、各省区市来的干部，以及国家级大企业。杨亚林说："为建设靖安新区，我们请来了建筑施工实力强劲的中建集团。"

中央统战部对口支援毕节市。1988年以来，中央统战部以及各民主党派，指导毕节制定扶贫规划46个，协调项目900多个，引进资金1200多亿元。30多年来，毕节累计减少贫困人口约630万人。

上海的雪榕集团经九三学社中央介绍来到毕节市扶贫，在毕节市威宁彝族回族苗族自治县建起循环生态型的大型菌菇生产厂，从贫困人口中招收了3000多名工人。

镇雄县人民医院与四川大学华西医院联合办医，这成了云南县级少有的三级综合医院。它设立了贫困户病人绿色通道，开通了与北京、上海等知名医院的远程联合会诊。镇雄县人民医院院长胡翊说：

贵州省威宁县石门乡民族中学的破旧瓦房已被现代化校舍替代，它还拥有了崭新的足球场、篮球场和羽毛球场（2020年8月7日摄，无人机照片）。（新华社记者 金良快 摄）

"因病致贫，是农村最大难题之一，通过医疗扶贫，可以做到小病不出村，大病不出县。"

威宁县石门乡民族中学的破旧瓦房已被现代化校舍替代，还配备了崭新的足球场、篮球场和羽毛球场。

曾获全国乙级联赛冠军和甲级联赛亚军的贵州恒丰足球俱乐部，派两名教练来学校扶贫。教练郑平说："贫困地区的一些孩子比较内

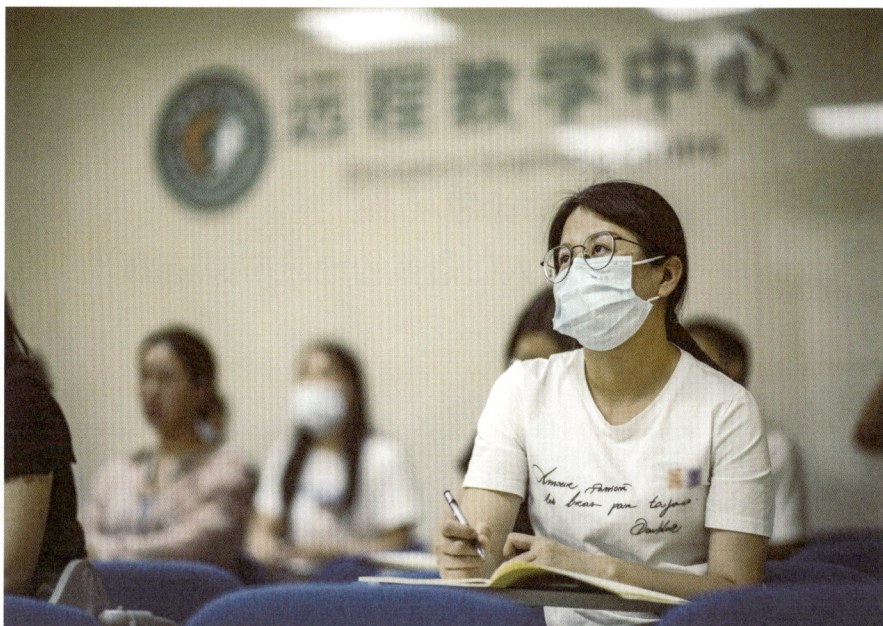

医生在云南省镇雄县人民医院远程教学中心学习（2020年8月11日摄）。镇雄县人民医院与四川大学华西医院联合办医，是云南县级少有的三级综合医院。（新华社记者 江文耀 摄）

向自卑，踢球能让他们更开朗自信。"

杨亚林说，消除千年贫困，从安居，到乐业，再到幸福，从物质生活改善到精神生活丰富，着眼的还是人的改变。

张宁7月回到他驻过的村子，为困难户送去家庭生活用品，并与群众一起讨论如何巩固脱贫成果。他说："我们与百姓共同努力，参与这场载入人类史册的脱贫攻坚战，感到十分荣幸。"

（新华社北京2020年9月27日电　新华社记者韩松、李银、李自良、王长山、王新明、姚均芳、华洪立、林碧锋、李凡、彭韵佳）

昭通之变

——全国贫困人口最多的地级市跨越记

云南昭通，地处乌蒙山腹地。它全境96.3%的地域是石漠化严重的山区，大山深处的人们生存困难。全市600多万人口中，2014年底尚有贫困人口185万，11个县（市、区）有10个是国家级贫困县，是全国贫困人口最多的地级市。

从过去的"路不通、业不兴、民生艰"，到建成立体交通新枢纽、36万群众搬出大山、崛起百亿级产业……近年来，当地全力决战脱贫攻坚，乌蒙之地变了容颜，从闭塞落后到跨越发展。

闭塞不通之地化身立体交通新枢纽

67岁的盐津县豆沙镇银厂村村民邵光前坐半小时摩托，来到豆沙关前的山脚下，沿着五尺道往上步行十来分钟便进入古镇赶集。前行中，五尺道、关河水道、内昆铁路、G247公路、G85渝昆高速5条不同时期的交通线路以几乎并行的姿态呈现在眼前。

"以前村子不通公路，到豆沙关赶集要步行4小时。现在路通到家门口，摩托半个多小时就能到。"邵光前目睹了古道旁铁路、国道和高速公路几十年间陆续建成。他的孩子坐过火车，还沿高速公路坐汽车外出务工。

交通不通，制约昭通。昭通"十三五"综合交通规划重点项目已累计完成投资近1400亿元，得到了国家扶贫资金的支持，当地政府也筹措了配套投资。

规划新建的12条高速公路全部落地，基本实现县县通高速；2019年年底成贵高铁建成通车和渝昆高铁开工建设，叙毕铁路将于2022年建成；直飞北京、上海等地的9条航线已经开通；"万里长江第一港"水富港扩能工程稳步推进，建成后将成为云南最大内陆港口和多式联运的枢纽……"极不通畅"正逐渐变为"四通八达"。

"难度超乎想象，在平原修一公里高速公路需5000万元左右，在乌蒙山区至少要7000万元。"主管交通的盐津县副县长邓驹说，但为了改善百姓生活，再难也要建。

昭通市有305万农村劳动力，其中有240万人外出务工。通达的公路铁路极大便利了劳动力外出，这成了攻克贫困堡垒的巨大优势。

新冠疫情发生后，昭通自1月31日起即在全市开展核酸检测，并最早于2月22日开通务工专列专车，由政府组织把劳动力输送出去。镇雄县碗厂镇党委书记申时国说："今年送人打工，我们派干部用面包车到农户家接，到镇上新建的客运中心换车，再到县城坐大巴和高铁。"

交通的发展，不仅方便务工人员挣起了外地钱，还让村民更加舒心地吃上了"本地饭"。2016年，昭通市昭阳区迤那村通了高速公路。村民李顺才借机兴办农家乐，建活动室、鱼塘和花园，如今月收入数万元，还带动村里八名贫困户就业。60岁的弓河村村民周邦志是

"万里长江第一港"水富港扩能工程稳步推进，建成后将成为云南最大内陆港口和多式联运的枢纽（2020年8月10日摄，无人机照片）。（新华社记者 江文耀 摄）

苹果种植大户，他种的苹果也通过四通八达的道路行销中外。

以前，从昭阳区开车到镇雄县要6个小时，2020年年底高速修通后，车程将少于2小时。以前各地到镇雄县缓慢难行，现在镇雄县全县公路里程达12800公里，初步形成内联外通的立体综合交通网络。"我们将来的目标，是打造云贵川三省接合部的交通枢纽。"镇雄县委书记翟玉龙说。

36万群众搬出大山城里安家

在镇雄县鲁家院子易地搬迁安置点村史馆的墙上，新旧照片形成鲜明对比：一边是一位农妇站在大山中歪斜的茅草房前，另一边是她搬入宽敞明亮的新楼房。

照片中的老人是71岁的刘世珍，2019年8月，她一家三口从大山搬入鲁家院子，成为社区居民。她的变化是当地群众挪出穷窝、斩断穷根的写照。

2018年，在对129万户居民的贫困状况进行核定的基础上，昭通全面启动新一轮易地扶贫搬迁，探索中心城区安置、中心集镇安置、跨县安置等模式，因地制宜建设23个安置区，其中万人以上的有9个。目前，全市36万多贫困群众全部搬入新居，实现从深山到城镇的"跨越"。

进城容易，扎根难。"最难的还是就业。"昭通市委书记杨亚林表示，要通过创业、务工和发展产业，来改善搬迁民众的生活。

位于昭通市昭阳区的靖安新区，是当地的大型易地扶贫搬迁安置区。在安置区广场上，35岁的搬迁农民王仕坤在卖奶茶，这是他第一

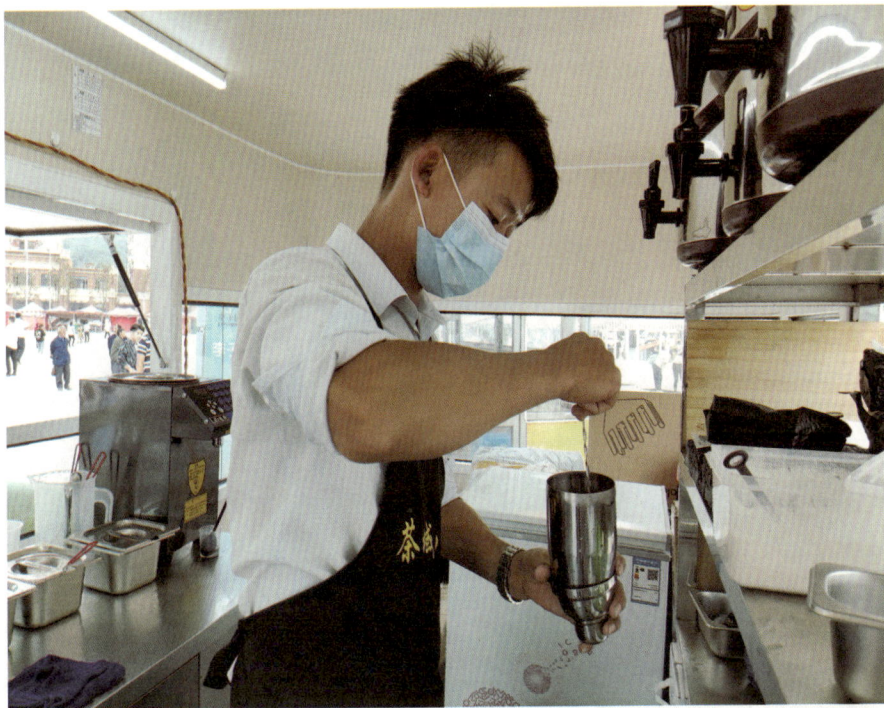

云南昭通靖安新区的搬迁农民王仕坤在制作奶茶（2020年8月8日摄）。（新华社记者 林碧锋 摄）

次创业，一天最多能赚700元。他说，新区住了几万人，有市场。"以前到深圳务工是为别人打工，回到家乡是为自己打工。"他说。

经过规划，昭通将在易地扶贫搬迁安置区周边建设5318个蔬菜大棚、3791个食用菌大棚、60万平方米扶贫车间和45万平方米配套商业设施，提供岗位4.98万个，开发公益性岗位1.18万个，帮助搬迁群众"稳得住、能致富"。

有了工作，还要有便利的生活。"现在不愁吃穿，但还要帮大家真正变成城里人。"54岁的搬迁户吴兆康主动申请担任了靖安新区"楼栋长"，兼任保安，在记路、坐电梯、记家门等方面帮助住户。

在各搬迁新区，像吴兆康一样的楼栋长有827名。全市易地扶贫

图为2020年8月21日拍摄的云南昭通鲁甸易地扶贫搬迁安置区（无人机照片）。（新华社记者 刘大伟 摄）

搬迁安置区新增44所学校、33个医疗服务机构。9个临时党工委（管委会）、111个党支部、537名社区干部共同构建起社区综合服务体系。

"群众搬到哪里，党组织就跟进到哪里，便民服务就延伸到哪里。"杨亚林说。

乌蒙大地崛起百亿级产业助脱贫

8月18日，一场特殊的视频会议在昭通国际会展中心举行。远在加拿大的世界马铃薯大会主席罗曼·库尔斯宣布，世界马铃薯大会授予昭通市"世界马铃薯高原种薯之都"的称号。

目前，昭通市完成马铃薯种植260万亩。在昭阳区和永善县交界处

工作人员在云南昭通苹果种植基地通过网络直播售卖苹果（2020年8月18日摄）。（新华社记者 林碧锋 摄）

海拔2200米的大山上，可以看到5万亩马铃薯高标准示范基地，伸展铺陈，一望无际，盛开着紫色和白色的花朵。

50岁的种植大户罗石富带领村民种了2200亩马铃薯。他说，当地采取"党支部+合作社"模式，党员带头，统一标准，集中种植，并利用了省农科院提供的先进技术和种子。"这样种出的马铃薯口感好，适应性和抗病性强，已卖到四川、重庆和广东，还有东南亚和中东。"

利用日照充足的条件，苹果产业也发展到80万亩。记者在果园里看到，树上的标牌注明由哪个合作社长负责、技术员是谁、果农是谁等。同样是规模化和统一化种植。

竹子种植达到383万亩。这个新产业既能帮助农民增收，又能通过退耕还林保护长江上游生态。镇雄县碗厂镇官房村60岁的竹农王应学

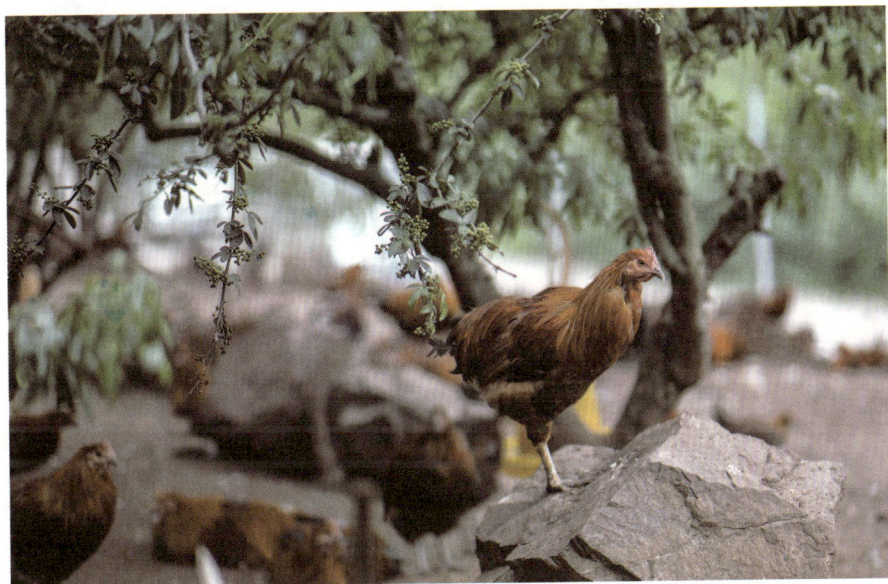

云南省鲁甸县在花椒林下发展特色养殖业（2020年8月9日摄）。（新华社记者 江文耀 摄）

说，以前种烤烟和玉米，收入少，2017年响应政府号召，种了近50亩竹子，亩产600斤笋，1斤卖3元多。他说："政府关心我们，我们也要努力。老百姓要靠自己劳动致富。"

马铃薯、苹果、竹子、特色养殖、天麻、花椒"6个百亿元"成了昭通具有高原特色的产业。

截至2019年年底，昭通市建档立卡贫困人口从2014年末的185.07万人降至15.99万人，贫困发生率从34.8%下降至3.4%。2020年上半年动态监测显示，未脱贫人口全部实现"两不愁三保障"。

昭通，史称"乌蒙"。当地群众说，以前有人曲解"乌蒙"为黑暗和蒙蔽之意，后改为"昭通"。如今的昭通正在一天天更加明亮、通达起来。

（新华社昆明2020年10月11日电 新华社记者王长山、林碧锋、彭韵佳、姚均芳、华洪立）

打造人民城市，以高质量发展回应人民新期待

触摸幸福

▶ 触摸幸福 ｜ 走向我们的小康生活

大城大乡的"幸福协奏曲"
——重庆推动高质量发展创造高品质生活纪事

    绿的底色更浓，"生态宝贝"不断替换着昔日的"三大坨"，乡亲们的日子越过越红火；民生呵护愈暖，贴心服务温润了山城烟火，市民们体验到越来越多"巴适"和"安逸"；发展之基更实，新产业加速、城市气质渐佳，走向美好生活的脚步愈发轻快……

    大城市大农村并存的西部直辖市重庆，近几年来全力奋战决胜全面建成小康社会，坚持以新发展理念为引领，统筹做好城市、乡村两篇文章，持续推动高质量发展，努力创造高品质生活，奏响了新时代大城大乡共奔小康的"幸福协奏曲"。

山地长出"金疙瘩"　农民日子"节节高"

    盛夏八月，重庆石柱土家族自治县坡坎相连的地头里，红红的辣椒挂满枝头，又到了收获的季节。

    石柱"三红"辣椒专业合作社理事长谭建兰，也迎来了一年中最忙碌的日子。她要带领乡亲们"争分夺秒"采收辣椒。

    经过十几年发展，"三红"合作社的辣椒基地面积达2万亩，2019

年产值1.2亿元。但让谭建兰最高兴的，莫过于合作社的327户建档立卡贫困户2019年户均辣椒收入超过7000元，全部脱贫摘帽。

地处武陵山集中连片贫困地区的石柱县，是重庆大农村、大山区的一个缩影。直辖之初，全市3100多万人口中80%在农村，贫困人口达300多万……

"城市之外，重庆属典型的丘陵山区，耕地多为'鸡窝地''巴掌田'，但农业资源多样、生态环境良好。怎么把资源优势、生态优势转化为产业优势，成为实现脱贫、振兴乡村的关键。"重庆市农业农村委主任路伟说。

大力发掘山地生态这座"富矿"，用好山水林草这些"宝贝"，将"温饱型"粮食作物调整为"小康型"经济作物……近几年来，聚

重庆市彭水苗族土家族自治县阿依河景区工作人员（右一）在为乘坐竹筏游览的游客演唱山歌（2020年8月13日摄）。（新华社记者 王全超 摄）

力现代山地特色高效农业，成为重庆农村地区的共同选择。

涪陵榨菜、巫山脆李、奉节脐橙、梁平柚子……如今，行走在巴渝乡间，乡亲们对"生态宝贝"如数家珍。柑橘、榨菜、茶业、中药材等十大山地特色高效产业形成，其中，扶贫特色产业基地达700余万亩，带动贫困人口增收198.7万人次。

"过去就知道守着大山种土豆、红薯、玉米'三大坨'，只够一家人的口粮。现在都种上了价钱好的绿色产品。"巫溪县红池坝镇渔沙村建档立卡贫困户李志贤，说起他家地里面的变化一脸兴奋。在村干部和技术专家帮助下，2018年起他家改种了辣椒、生姜和西瓜，年收入3万多元，当年就脱了贫。

随着山更绿、水更清、空气更好，休闲旅游、生态康养等"生态

23岁的罗国键在位于重庆市巫山县曲尺乡的自家脆李种植地里录制用于推广营销的视频（2020年5月27日摄）。（新华社记者 王全超 摄）

+"产业也在巴渝山乡蓬勃兴起。

位于秦巴山集中连片特困地区的城口县东安镇兴田村，距离重庆中心城区400多公里。这里峡谷幽深、溪流环绕，经过几年打造，成为远近闻名的避暑纳凉胜地。当地建档立卡贫困户唐太友几年前以宅基地入股，与企业合作开办起巴渝民宿，当上"老板"，如今年收入七八万元。

截至目前，重庆14个国家级贫困区县、4个市级贫困区县全部摘帽，1919个贫困村全部脱贫出列，动态识别的185.1万贫困人口已脱贫182.6万人，贫困发生率降至0.12%。

城市治理有温度　家门口能享幸福

天气晴好的早晨，重庆江北区北滨路附近居民刘斌，都会来到嘉陵江滨江跑道慢跑。"从家里走过来只要六七分钟。新修的滨江跑道干净、整洁，既能看江景，一路又有花草相伴，感觉格外清爽。"刘斌说。

长江、嘉陵江交汇，构成重庆中心城区独特的"两江四岸"城市空间格局。但很长时间里，江岸建设粗放、无序，厂房、高楼、高架桥密布，市民"见江难近江"。

为修复生态，还江于民，2018年开始，重庆启动"两江四岸"治理提升工作，取缔沿江污染源，调整码头、工厂、市场等功能布局，着力恢复江岸线生态廊道功能，为市民营造亲水的绿意空间。

嘉陵江北岸的相国寺码头和忠恕沱码头一带，曾经餐饮渔船集聚，江面污水横流，江滩上的货运码头和停车场杂乱不堪。经过治理，如今这里的江岸郁郁葱葱、鸟语花香。

山城重庆的立体城市景观令人神往，但中心城区建筑密度过大、公共空间少，城市功能存在明显短板。尤其是一些难以开发的"边角地"，经常被人开垦来种菜或倾倒垃圾，严重影响人居环境。

为破解这一难题，重庆城市建设管理部门近年来积极探索"变废为宝"，将大量坡、坎、崖"边角地"改造成为开放式的社区体育文化公园，为市民建起家门口的免费"健身房"。

目前，重庆中心城区已建成投用60个社区体育文化公园，到2020年年底将达到92个，可服务周边群众约350万人。

年久失修的老街巷、筒子楼，脏乱差的生活环境，缺少公共服务设施……和许多老工业城市类似，老旧社区在重庆量大面广。是大拆大建、推倒重来，还是以"绣花"功夫进行有机更新，考验着城市治理的水平。

走进南岸区南湖花园七村，只见干净、整洁的院坝里绿树成荫，一个个鸟笼悬挂其间，不少居民坐在树下喝茶聊天，欢快的鸟鸣声缭绕耳边。而就在几年前，这座始建于20世纪80年代的小区还是一片破败的景象，外墙脱落、垃圾成堆、污水横流。

"我在这里住了30年，以前最烦下雨天出门，到处坑坑洼洼。改造后焕然一新，每天最高兴的就是去小区新修的'三益书院'画画写字。"说起小区的变化，退休职工李华渝连声说好。

"在老旧小区改造中，我们坚持不光补齐必要的功能，还要以'菜单'的方式让老百姓自己选择最急需的项目。既要有'面子'，改善环境；又得有'里子'，住得舒心。"重庆市住房和城乡建委主任乔明佳说。

小康家底渐厚实　美好生活在前方

小康社会的成色，离不开经济高质量发展。作为"工业重镇"的重庆，多年来始终坚持以实体经济为本，以制造业立市，先后跻身国内重要的汽车产业基地、全球最大的笔记本电脑生产基地、重要的智能手机制造基地。

面对国内外市场的深度调整，重庆瞄准未来布局新兴产业，面向全球汇聚智慧资源，大力实施以大数据智能化为引领的创新驱动发展战略行动计划。

近年来，腾讯、阿里巴巴、百度、华为、浪潮等"数字经济"头部企业纷纷入渝，云从科技、长安汽车等本地智能领域企业快速崛起。2019年，重庆以"芯屏器核网"为代表的智能产业产值增长25%；

图为长安汽车两江工厂焊接车间（2020年7月21日摄）。（新华社记者 王全超 摄）

2020年上半年，重庆数字经济产业增加值超过2000亿元，同比增加24%。

持续向好的发展势头，为社会民生注入更大活力。2020年毕业于重庆邮电大学先进制造学院的刘奕博，在众多企业的"橄榄枝"中选择签约重庆一家汽车企业，从事机器视觉方面的工作。而据重庆邮电大学统计，2019年该校毕业生在大数据智能化行业就业的接近50%。

"大数据智能化等'新经济'蓬勃发展，给大学毕业生等中高端

图为重庆城市夜景（2019年4月9日摄）。（新华社记者 王全超 摄）

人才提供了更高层次的就业岗位和更高收入。"重庆市大中专毕业生就业指导服务中心主任余跃说。

智能产业之外，依托雄峻的江峡风光、立体的城市景观、独特的人文风貌，重庆近年还大力推动文化旅游融合发展，以山水、夜经济、美食、巴渝文化为符号的新业态、新消费日渐红火。

地处三峡库区的重庆开州区，有着"半城山色半城湖"的美誉。最近，在全市"晒旅游精品·晒文创产品"活动中，开州区深入挖掘人文资源，打响雪宝山生态康养、汉丰湖水上运动等旅游品牌，吸引了大批游客。来自四川达州的游客张鹏说，这是疫情后首次跨省旅游，真切体会到了这里的山水人文魅力。

在重庆中心城区，"网红打卡点"李子坝轻轨穿楼所在的大楼里，市民杨晓刚开了一家方便游客观景打卡的民宿，疫情后恢复营业几个月里，生意一直很火爆。统计显示，截至7月底，重庆12.26万家文旅企业复工率已达99.02%。

（新华社重庆2020年8月22日电　新华社记者李勇、张桂林、陶冶、周闻韬）

解锁幸福的密码

——"先行者"苏州探路小康纪事

20世纪80年代初，向小康奔跑的目标悄然和苏州这座千年古城结缘。

历经40多年改革开放，尤其是党的十八大以来，"先行者"苏州牢记习近平总书记对江苏提出的"经济强、百姓富、环境美、社会文明程度高"的殷切期望，经济逆势飘红、城乡日新月异、百姓安居乐业，奋力决胜高水平全面建成小康社会。

漫步姑苏大地，幸福更有保障、惠及群体更广，小康伟业起笔处描绘着人间新天堂。

充实幸福的底色

驱蚊香包、布艺玩偶、针织挂件……华灯初上，苏州市相城区"活力夜集"一开市，"全职妈妈"陈萌就开始出摊，售卖自己的手工作品。在她身旁，躺在婴儿车中的宝宝好奇地望着川流不息的人潮。"既能陪宝宝，又让爱好'变现'，虽然辛苦，但有一种充实的幸福。"

人间烟火气，最抚百姓心。在苏州，人们对小康的感受真切而充实。

对于张家港永联村村民郭金南来说，2019年春天做的肝脏移植手术犹如生活一道大坎。好在医保报销后，村里又发放了4.5万多元医疗补助款，大大缓解了全家经济压力。"从动手术到现在，几十万元医药费，绝大部分都报销了。如果没有这么好的政策，真不知道后面的日子咋过。"

早在20年前，苏州就开始通过"征地费转一点、财政贴一点、个人出一点"等方式，大幅提升农村养老、医疗保障水平，逐渐使其与城镇职工社会保险并轨。

幸福，还蕴含于更多暖心的细节。

确认菜单、准备材料、烹制菜肴、装盘检查……上午7点半，苏州工业园区娄葑街道的"居家养老爱心厨房"一派忙碌景象。不到11点，周边社区的老人们就吃上了热气腾腾、营养均衡的爱心餐。

"社区精心用心，我们舒心省心。"84岁的吴思勤收下社工送来的配餐，告诉记者，"一餐12块钱，政府补助后，自己只要花几块钱，很实惠。"如今，"爱心厨房"覆盖苏州24个社区，送餐范围仍在不断扩大。

经济高质量发展是百姓幸福生活的底气。2019年，苏州实现地区生产总值近2万亿元，规模以上工业总产值3.36万亿元，一般公共预算收入超2200亿元，进出口总额3100多亿美元，在全国地级市中全部稳居首位。苏州把近八成财政支出用于民生，不断提高公共服务和保障水平。

要靠实干守护稳稳的幸福。昆山吉纳尔运动器材有限公司车间

2019年4月6日拍摄的江苏省昆山市周庄镇风貌（无人机照片）。（新华社记者 杨磊 摄）

内，工人们正忙碌地穿辐条、装车架、安车座，流水线上自行车不断下线。"4月以来，出口订单量同比增长近三成。"总经理葛雷介绍，企业开足马力，生产计划已排到年底。

2020年以来，面对全球疫情和中美经贸摩擦双重挑战，苏州奋力"逆风奔跑"。1至5月，苏州实际使用外资59亿美元、同比增长157.5%，总量、增幅均创历史新高；工业投资逆势增长27.8%，在GDP超万亿城市中位居前列……危中寻机、砥砺前行，苏州"保"的底线更夯实、"稳"的格局更巩固、"进"的势头更明显。

校准幸福的坐标

7月江南，细雨连绵。太湖边的吴中区临湖镇上，"85后"徐峻育精心打造的园艺花园中心游客不断。2009年，他大学毕业后回乡创业，如今企业年销售额超千万元，"农村水好、空气好、发展机会多，很多朋友都羡慕我这个'花郎'嘞！"

在苏州，"农民"不再是身份区分，更多是一种职业选择。支撑这一变化的，是产业逐渐兴旺、环境日益美丽、农民更加富裕的现代化新农村。2019年，苏州农村居民人均可支配收入3.5万元，城乡居民收入比缩小到1.952：1。

小康不小康，不能只看平均数，越是薄弱处越要下功夫。

可爱的串珠动物、五彩的绘画……苏州高新区枫桥街道康复驿站展示间，摆满了惟妙惟肖的手工艺品。让人惊讶的是，这些手工艺品出自精神残疾患者之手。20多岁患者小思的妈妈说："经过免费的自我照料、人际交往等培训，小思的精力变集中了，社交能力也提高不少，大大减轻了家庭负担。"

康复驿站是苏州根据特困群体需求，开展多元化救助的探索。苏州高新区社会事业局副局长陈东如介绍，把传统"资金救济型"救助转变为"服务需求型"救助，为特困群体精准提供生活、就业、教育、精神关爱等服务。

循着幸福坐标，"奔小康一个不落"在苏州有了更丰富内涵。不仅是农民、特困群体，占常住人口一半以上的外来人员也在这里有了更多获得感、幸福感、安全感。

自1997年进入昆山正新橡胶，湖北麻城人柯学锋通过业余自学、实训实操，掌握了公司所有生产设备的使用技术，每天要保障5个车间、24条生产线安全运转。23年来，这个"新苏州人"见证公司第一个轮胎问世，也逐步实现安居梦想。如今，夫妻团聚，15岁的儿子也在当地读书，小日子红红火火。

人与城相依，"小我"与"大我"同行，这是幸福苏州的深层密码。

如果说物质条件改善是幸福苏州的面孔，城市文脉传承则是幸福苏州的灵魂。昆山自2018年起承办"百戏盛典"，集中展演我国现存的348个戏曲剧种，被称为"中国戏曲史上最完整的剧种大检阅"。2019年，苏州建有博物馆、美术馆、图书馆等近千家，人均公共文化设施面积全国领先。全市每年开展各类惠民展演7万多场次，惠及农村及社区群众1000万人次以上。

从改革开放之初"县域六虎"争雄，到如今十大板块竞艳，从物质不断丰裕到文化日渐繁荣，苏州在高质量均衡发展路上不断丰富着幸福的内涵。

向着更幸福美好的蓝图前行

2020年3月，美国企业方达医药经过全球比选，最终把投资额1.5亿美元的生物医药项目落户苏州。"这里发展生物医药产业的氛围，以及对整个产业链的精心打造，最吸引我们。"方达医药执行副总裁、中国区总经理张天谊说。

企业的信心来源于苏州"开放再出发"的雄心。"苏州开放创新合作热力图"全球首发、"苏州产业链全球合作对接图"上线开通……2020年以来，因开放而兴的苏州吹响了"再出发"号角，并将生物医药确定为"一号产业"，力争到2030年，集聚相关企业超1万家，产业规模突破1万亿元。

"越是在考验经济韧性的吃紧关头，越是需要我们开放再出发。"苏州市市长李亚平说，面对百年未有之大变局，苏州用更高水平对外开放集聚高质量发展新动能，努力夯实高水平全面小康的经济家底。

卫星地图显示，长江干流超过90度的弯道有181道，其中奔流入海前的最后一道在苏州张家港。这个"江海交汇第一湾"将9公里生产岸线调整为生态岸线，精心打造最美江湾。

岸边，船老大沈国华主动结束44年"以江为家，逐鱼而行"的生活，和周边渔民一起谋划转型。如今，他被当地农业综合行政执法大队聘为渔政船船长，每天沿江巡逻，为长江生态保护贡献力量。"母亲河养活渔民祖祖辈辈，现在该是我们报答她了。"

张家港湾的华丽变身是苏州大力推进长江经济带生态优先、绿色发展的缩影。从靠江吃江到靠江护江，苏州重塑"江"与"人"的关

江苏省昆山市周庄镇一景（2020年5月19日摄）。（新华社记者 杨磊 摄）

系，奋力书写人与自然和谐共生的长江文明新时代篇章。

漫步在昆山张浦镇滨江路两岸，人们常常可以看见一个蓝眼睛、大胡子的法国小伙儿，身穿天蓝色河湖监督员马甲，手拎环保袋，沿着河道巡查。

36岁的何诺是法资企业迪亚姆展示设备（昆山）有限公司运营经理，2019年底被聘为民间河长。清理沿岸垃圾、检查管道排放、观察水质颜色……"几乎每周都会把5.5公里的河道走一遍。"何诺说，美丽生态共建共享，希望带动更多人护河、爱河、守河。

站在"两个一百年"奋斗目标的历史交汇点，苏州将对照"强富美高"总要求，冲刺全面小康建设"最后一公里"，部署现代化试点"最先一公里"，争取早日建成"现代国际大都市，美丽幸福

企业代表在苏州市吴江区政务服务中心办理业务（2020年5月28日摄）。（新华社记者 李博 摄）

新天堂"。

"吃老本跑不出'加速度'，不加油轰不出'推背感'，我们要再创一个激情燃烧、干事创业的火红年代，把发展与民生的蓝图描绘得更加精美。"江苏省委常委、苏州市委书记蓝绍敏说。

（新华社南京2020年7月6日电　新华社记者刘亢、凌军辉、刘巍巍）

城市，让人民生活更美好

杨浦滨江，百年"工业锈带"变身百姓"生活秀带"，市民游客近悦远来；浦江对岸，30年开发开放，阡陌农田里崛起了一座功能集聚、要素齐全的现代化新城……

上海是党的诞生地和初心始发地。2019年11月在杨浦滨江，习近平总书记考察上海时，提出"人民城市人民建，人民城市为人民"的重要理念，深刻阐释城市发展依靠谁、为了谁的核心问题。

近百年奋斗征程，70余年新中国建设，40余年改革开放，到步入新时代，"人民"二字重若泰山。面向未来，上海作出最新部署，锚定"五个人人"努力方向，一幅为人民谋幸福、让生活更美好的社会主义现代化国际大都市绚丽画卷徐徐铺展。

处处围绕人，时时为了人

71年前，人民解放军浴血奋战，把一个完整的城市交还给人民。上海解放当日，战士们和衣露宿街头、不扰市民的场景，生动呈现了中国共产党全心全意为人民的拳拳深情。

人们在上海外滩观光（2020年1月6日摄）。（新华社记者 王翔 摄）

今天，上海人均GDP超过2.28万美元，超过世界银行划分的高收入国家标准；以不到全国千分之一的土地面积，贡献了全国近十分之一的财政总收入；人均绿化面积从"一双鞋"升级到"一间房"……一座镌刻着红色基因的城市，以高质量发展的"调色板"，让人民的生活多姿多彩，具有鲜明社会主义性质、富有现代化气息的国际化大都市于世界城市版图上熠熠生辉。

把最好的资源留给人民。

杨树浦水厂所在的滨江段，被联合国称为"世界仅存的最大滨江工业带"，繁花绿树间一座名为"人人屋"的党群服务中心映入眼帘，量血压、看地图、休憩乘凉……居民游客们惬意进出、怡然自得。

"以前这里都被工厂包围，没办法享受江景。"在附近居住几十年的许辛声老人一度望江兴叹。两年前，浦江45公里岸线全线贯通，还江于民，成为市民争相打卡的网红地。许辛声第一时间报名到"人人屋"当志愿者，给游客讲述这里的变迁。

以更优的供给满足人民需求。

距外滩一步之遥的宝兴里小区，诞生过"新中国上海第一个居委"——宝兴居委会。百年里弄历经多次更新，但受制于空间逼仄，身处"黄金地段"难享品质生活，是上海旧改中"最难啃的硬骨头"。

2020年6月26日，最后一户居民搬离宝兴里，终圆"新居梦"。攻坚民生"小事"，上海向最后150万平方米的旧改发起"总攻"。"一把钥匙开一把锁，千方百计回应民众关切，为群众带来实实在在的获得感。"外滩街道党工委书记卞唯敏说。

提供更多的机遇成就每个人。

在上海市大学生科技创业基金会资助下，来自西部贫困地区的

"80后"谢应波，创立了自主创新企业泰坦科技。大学期间做过送报员、搬货员、家教，作为"新上海人"的他，正在写就全新的出彩人生……

处处围绕人，时时为了人——人民至上的初心理念一以贯之。正如生活在这里的人们所感知的：这座城市，不是过去其他社会主义国家城市的再版，也不是西方城市的翻版，而是在党领导下的人民城市建设的新版。

依靠主人翁，打造治理共同体

盛夏时节，长宁区一小区的垃圾厢房前，65岁的陆建敏娴熟地将湿垃圾、干垃圾分类倒入专用桶内，一丝不苟。这件生活"小事"立

在上海市长宁区新泾六村小区的垃圾分类投放点，公示栏上显示前一天的垃圾分类情况数据（2020年6月23日摄）。（新华社记者 方喆 摄）

法实施一年来，全市整体达标率90%以上，成为城市治理的样板。

垃圾分类、烟花禁燃、交通整治……2400万常住人口的超大城市，想要短时间内知行合一，推广全城总动员的文明风尚，并非易事。

集众智可以成大事，集众力者无不成也。在新近的相关评选中，荣膺"中国十大美好生活城市"榜首的上海，不断探寻善治"密码"：城市发展，既要让人民最大受益，更要依靠人民积极参与。

共治，城市是载体，人民是主体——

徐汇区化工一村148号楼，三分之一居民为70岁以上的老人，加装电梯成为"刚需"。在这个熟人社区，居民自主自愿发起、自我决定、共同参与、集体行动，从一楼到顶楼集思广益，形成最大公约数，演绎一场党建引领下的多元共治。截至4月底，上海已有1124幢房屋通过居民意见征询，已加装完工并投入运行的电梯达318台。

智治，引技术手段，促全民参与——

市场主体270多万个、电梯24万余台、建筑总量13亿平方米，单靠人力管理远远不够。上海在全国率先打造"一网通办"政务服务，接入2341项服务事项，近4个月随申码调用超5亿次；市场主体和个人用户少跑腿，"去政府办事像网购一样方便"。城市运行"一网统管"，8000多栋高楼玻璃幕墙纳管"一屏观天下"，1495万个城市部件应用高科技技术集成实时监控，24小时巡检让百姓吃了"定心丸"。

法治，以制度保障，畅民意"直通"——

"重大会议时要高唱国歌"——在古北市民中心的"法条墙"上，由80岁夏云龙老伯提出的这条立法建议，已经被国歌法采纳。

居民在上海市浦东新区潍坊社区文化活动中心的舞蹈室练舞（2020年7月16日摄）。（新华社记者 王翔 摄）

4年多来，设在虹桥街道的这一基层"立法直通车"，完成了35部法律的意见征集，归纳整理意见建议610余条，其中29条被立法采纳，生动展示出中国特色社会主义政治发展道路的民主实践。

城市发展，人民也是最大的评判者。幼有善育、学有优教、劳有厚得、病有良医、老有颐养、住有宜居、弱有众扶，一座城市的人本价值可落地、可感知。

以高质量发展回应人民新期待

让人生出彩、有序参与治理、享有品质生活、切实感受温度、拥有归属认同……践行人民城市重要理念，上海在实施国家战略、创造美好生活中开足马力。

东南角的上海自贸区临港新片区，即将迎来一周岁生日。特斯拉上海超级工厂周产能已提升到4000辆以上，预计年产量15万辆、年产值360亿元，当年开工、当年投产的"特斯拉速度"正逐渐成为常态。两年来上海办事环节平均压缩41%，办事时间平均压缩59%，2020年7月27日世界银行发布报告，为上海优异的营商环境点赞。

临港新片区、长三角一体化发展、科创板，中央交给上海的三大任务全速推进；聚焦全球资源配置、科技创新策源、高端产业引领和开放枢纽门户"四大功能"做优做强；第三届进博会紧锣密鼓筹备。拥有开放创新包容的城市品格，承担国家战略的先行使命，在践行初心的航程上，上海将给予人民一个怎样的愿景？

——以高质量发展回应人民新期待，建设令人向往的创新之城。近年来，生活服务领域的场景创新，几乎都在上海诞生。疫情期间，

两个孩子在上海市嘉北郊野公园骑自行车（2020年5月2日摄）。（新华社记者 方喆 摄）

盒马鲜生、美团点评、叮咚买菜纷纷加入"在线新经济"天团，既及时满足民生需求，又带动百万人灵活就业，更成就可持续发展的创新业态。

——以开放包容打造文化"大码头"，描摹近悦远来的人文之城。当海外老牌电影节或"瘦身"或暂停之际，日前率先重启的上海国际电影节，统筹疫情防控和市场复苏，以"中国智慧"办好跨文化交流的国际盛事。红色文化、海派文化、江南文化交相辉映，一个兼收并蓄、中外交融的文化大舞台绽放独特光彩。

——在碧水蓝天中拥抱美好城市生活，缔造诗意栖居的生态之城。继黄浦江两岸后，苏州河42公里滨水岸线争取年内实现贯通开放。在寸土寸金的上海，街头随处见缝插绿，近200座口袋公园、郊野公园让市民"出门500米就有公园"。为子孙留白的世界级生态岛崇明，一年后将迎来花博盛会，海上花岛以花为梦，一江一河滋养高品质生活……

（新华社上海2020年8月6日电 新华社记者姜微、陆文军、周琳、吴振东，参与记者：郭敬丹）

钱塘今朝更繁华

——高水平小康的"杭州答卷"

"东南形胜，三吴都会，钱塘自古繁华……"位于鱼米之乡的杭州，一直有"人间天堂"的美誉。

历经40多年改革开放，尤其是党的十八大以来，杭州在大踏步发展中不断缩小贫富差距、城乡差距、区域差距，是全国城乡发展差距最小、城乡居民收入最高的城市之一。

从西子湖畔到钱江两岸，老百姓口袋更鼓、生活更美，践行全面小康路上"一个都不能少"，携手唱响新时代的"望海潮"。

绘就"新富春山居图"

一位自媒体博主记述了她的杭州"夜生活"：逛完"运河文化"、西湖美景、钱塘江两岸等十个"杭州夜地标"，接着打卡一百个"网红点"，在西溪夜市闲逛买潮品，去梅城古镇体验古代手工艺，在胜利河美食街畅饮千岛湖啤酒，去萧山河上镇看一场露天电影……生活实在是畅快！

古往今来，对杭州的描述中，出现最多的词是"天堂"，如今这

工作人员在杭州城市大脑运营指挥中心办公（2020年4月13日摄）。（新华社记者 黄宗治 摄）

个"天堂"有了更多新内涵：2016年G20峰会举办地，"万亿俱乐部"成员，"数字经济第一城"，连续9年入选"外籍人才眼中最具吸引力的中国城市"，人才净流入率继续居全国第一。

除了自然禀赋优越，多年来，杭州始终致力于协调发展，走向高水平全面小康。浙江省委常委、杭州市委书记周江勇说，杭州要让发展更稳、实力更强、城市更美、人民更幸福，为全省全国发展大局作出更大贡献。

全面小康，重在"全面"，也难在"全面"。以城带乡、以乡促城、城乡互动，一幅城市繁华、乡村兴旺的新时代"富春山居图"正在徐徐铺展。

从杭州市淳安县县城驱车沿千岛湖一路西行来到下姜村，远山含黛、溪水潺潺，村庄中的石板路一尘不染，一栋栋白墙黛瓦的小楼参

下姜村村民姜海根在自家经营的"望溪农家乐"门口留影（2017年8月9日摄）。（新华社记者 黄宗治 摄）

差错落，偶有三五小童嬉笑玩耍、两三老农闲坐下棋。

走进下姜村村民姜海根的家，一栋四层的楼房经过装修被改建成了民宿，他和儿子正从小卡车上搬卸新鲜的蔬菜。"我们一家四口人，住宿、餐饮一起搞，年收入有30多万元呢。"老姜笑得合不拢嘴，"现在的日子以前真是想都不敢想。"

姜海根回忆，由于交通不便，人均耕地少，下姜村在20世纪八九十年代是个十足的穷山沟。为了吃饱饭，下姜人上山砍柴，把山砍成"癞痢头"；户户养猪，村里污水横流、臭气熏天。

被逼得没办法了，必须改！下姜村因地制宜发展茶叶、中草药种植，修复生态环境打造景点式村庄，特别是近年来大力发展民宿经济，2018年又联合周边32个村庄"抱团"共同发展旅游产业。2019年

"大下姜"已接待游客97.7万人次，旅游收入5541.9万元。

下姜村是杭州城乡统筹协调发展的缩影。2019年，杭州农村居民人均可支配收入36255元，同比增长9.2%，城乡居民收入比缩小到1.822：1。

"绣花功夫"让人民生活更美好

曾经，杭州市下城区仓桥社区平安居小区的居民糟心透了：小区共拖欠200余万元物业费，管理几乎停滞，停电、停水通知接踵而来，半数电梯因故障停运，积累多年的物业矛盾一触即发。

关键时刻，党员干部站了出来。成立小区业委会临时党支部，协调物业和居民之间的矛盾，开展小区建设和群众服务……小区环境和服务有了质的提升。

在平安居小区住了十多年的孙阿姨说，原本被占用的地下车库清理一新，运出来的垃圾足足装了30卡车；曾经垃圾遍地、蝇虫横飞的绿化带内重新栽种了花草苗木，如今已经郁郁葱葱。"回家的感觉，真好！"

实施300个老旧小区综合改造提升，新建中小学、幼儿园70所，实施1450户困难残疾人家庭无障碍设施改造等，这是2020年杭州市政府晒出的十件民生清单。从2018年开始，杭州实行市政府民生实事项目人大代表票决制，让人大代表来遴选老百姓最迫切的需求。

办事"最多跑一次"，处理矛盾纠纷"最多跑一地"，社会治理"网格化"……"绣花功夫"把治理的脉络深入城市的每个细胞，应用大数据、信息化实现城市运转的智慧化。

杭州西湖景区杨公堤附近的景色（2019年12月13日摄，无人机照片）。（新华社记者 黄宗治 摄）

杭州市民周女士患了慢性病，每个月去医院复查成了她的烦心事，挂号、放射检查、化验、配药每个环节都要往返付费，费时费力。自从杭州将信用就医体系全面接入了城市大脑，在相应的信用额度内，患者就可实现"先看病后付费"。"方便太多了，原来得花上小半天，现在最快半小时搞定。"周女士感叹道。

在杭州云栖小镇城市大脑调度中心，记者看到，有多少辆车在路上跑，哪个路口正在拥堵，哪里发生了交通事故，通过城市大脑的调度大屏，杭州420平方公里城区的交通状况"一键触达"。

2016年4月，杭州市以交通治堵为切入口，在全国率先建设城市大脑。经过几年建设，杭州城市大脑从交通领域延伸到包括公共交通、卫生健康、基层治理等11大系统48个应用场景，日均协同数据1.2亿条。

"大繁华"着眼"大民生"

杭州供销社职工李红卫前段时间不幸患上急性肝病，受药物影响出现肾功能衰竭，每周要进行几次血透治疗，不到1年就花掉了家里的所有积蓄。在李红卫生活陷入困境时，"春风行动"工作小组送去2万元救助金解了燃眉之急，还为他的儿子办理了爱心助学卡，并联合工商部门帮他做起了力所能及的小本买卖。

2000年底，杭州市委、市政府在市总工会连续10年开展"送温暖"活动的基础上，发起了以"社会各界送温暖，困难群众沐春风"为主题的"春风行动"，得到社会各界大力支持。至今这一行动已经开展了20年，实现了"春常驻"。

让低收入群体也有春天。截至目前，"春风行动"累计募集社会资金22.25亿元，各级财政补充资金6.59亿元，共向194.91万户（次）困难家庭发放助困、助医、助学、应急等各类救助金28.2亿元。

高水平全面小康征程上，不但每一个居民不能掉队，兄弟省份也要"一盘棋"。

2017年7月，杭州干部胡建亮主动请缨，挂职担任湖北省恩施土家族苗族自治州旅游委员会主任助理。奔走两地对接工会、旅游、航空等部门，推动建立杭州市首个跨省职工疗休养基地，组织向贫困儿童的定向捐赠，开展"走出大山看大海"公益活动……每天工作到凌晨成为他生活的常态。

"为恩施的乡亲们带去先进的理念和方法、更优质的资源，让他们早点脱离贫困，虽然工作很辛苦，但时时刻刻能感觉到满足和欣慰。"胡建亮说。

一边钱塘更繁荣，一边扶贫更付出，杭州在践行高水平全面小康路上不断深化内涵、拓展外延。

湖北省恩施州和贵州省黔东南苗族侗族自治州是杭州重点结对帮扶对象。2019年，杭州累计向"两州"提供财政援助资金11.41亿元，落实扶贫项目530个，惠及人群超16万人。截至目前，杭州对口帮扶的"两州"已有21个贫困县脱贫摘帽。

（新华社杭州2020年8月10日电　新华社记者何玲玲、商意盈、马剑、许舜达）

"绣"出古都新生活
——城市精细化治理的北京探索

"绣花"功夫奔小康，京华大地谋新篇。

聚焦群众的操心事、烦心事、揪心事，北京市落实"城市管理应该像绣花一样精细"指示精神，以非首都功能疏解为契机，以科技创新为驱动力，以"街乡吹哨、部门报到""接诉即办"机制为抓手，撬动基层治理大变革，不断提升城市精细化管理水平，为构建新时代城市规范高效的基层治理体系、提高社会主义现代化国际大都市治理能力和水平探索新路。

疏解整治促提升 腾笼换鸟展新颜

"这棵大槐树原来就在我家旁边，脚下的公园步道以前就是我家。"63岁的沈爱新来到温榆河公园示范区，"月季和百日菊开花了，池塘里的睡莲也长出来了，每次来都有新变化。"

20世纪80年代初，沈爱新嫁到温榆河畔的朝阳区孙河乡沙子营村。村里盛产优质河砂，最多时聚集了30多家砂石厂，1000多人的村子，外来人口超万人。养殖场、废品收购站……众多低端产业让村庄

图为建设中的温榆河公园示范区（2020年8月27日摄）。（新华社记者 鞠焕宗 摄）

不堪重负。

2017年开始，北京市全面启动疏解整治促提升行动，沙子营村的砂石厂全部关停，低端产业逐步腾退，提前完成大尺度绿化的留白空间，推进温榆河公园建设加速。

规划面积约30平方公里的温榆河公园，有京城最大"绿肺"之称。目前，约2平方公里的公园示范区已基本建成，一片新景跃然而出：森林、花海、湖泊、梯田，蓝绿交织，清新明亮。

徜徉在溪流淙淙、绿草如茵的公园内，沈爱新不时拿起手机拍摄身边景色，记录自己"家"的变化过程。

"我们搬迁的新家就在公园边上。"沈爱新说，"这个大公园就是我们老街坊的新天地，绿水青山、蓝天白云。"

在北京城市核心区，"疏整促"也给古都带来更多时尚与活力。

"这是我创作的冬奥会兔儿爷、抗疫情兔儿爷，把传统文化和现代元素结合起来年轻人才喜欢。"北京泥彩塑第五代传承人张忠强手捧兔儿爷站在小店门前，向来往的游客们热情介绍。

小店所在的杨梅竹斜街位于《北京城市总体规划（2016年—2035年）》中13片文化精华区之一的大栅栏片区，是一个有着丰富历史和文化遗迹的传统街巷。

"以前胡同里地面坑洼不平，到处私搭乱建、电线如麻。"张忠强回忆，2010年北京市将杨梅竹斜街选为老城改造更新试点项目后，古老街巷迎来转机。

"居民依据自愿腾退政策进行腾退，我们对腾退出的房屋进行保护和运营。"北京大栅栏珠粮投资有限责任公司策划总监王文英介绍，越来越多符合首都核心功能定位的特色小店落户，让这里成了文艺范十足的网红打卡地，久违的古都风貌又回来了。

2020年北京计划拆违腾退土地4000公顷以上，深入推进基本无违建区、街道（乡镇）建设。"疏解、整治、促提升，是相辅相成的一个整体，能够让大家从身边感受到，由此能获得更高的发展质量。"北京市发展改革委主任谈绪祥说。

科技赋能绣花功 绣出民生获得感

"继续控制血压、血糖，而且要戒烟。"北大第一医院急诊科医生汪波正在给74岁的周自仲老人问诊。与常见门诊不同，周自仲是在西城区德胜社区卫生服务中心与家庭医生谢妍一起，通过远程视频与汪波大夫交流。

"我有多种慢性病，去大医院挂号、开药、排队很麻烦。"周自仲说，5年前他与谢妍医生签约，有了自己的家庭医生，看病不再烦恼。"每次来看病，都是固定诊室、固定医生，太方便了。"

每个家庭医生团队签约2000多个病人，记不住怎么办？德胜社区卫生服务中心主任韩琤琤介绍，通过互联网+智慧家医模式助力家

在北京市西城区德胜社区卫生服务中心，家庭医生谢妍（左）通过远程视频与北大第一医院急诊科医生汪波交流，为74岁的周自仲（右一）问诊（2020年8月17日摄）。（新华社记者 鞠焕宗 摄）

庭医生能力建设，"挂号时通过医保卡自动关联、智能识别，实现签约医生与患者'一对一'定向分诊，从而密切医患关系，提高诊疗水平。"

此外，中心与多家三甲医院开展医联体建设，通过远程会诊、双向转诊等方式，将优质医疗资源下沉基层。"让患者少跑路，在家门口享受高质量的医疗服务。"韩玎玎说。

科技赋能"绣花"功夫正渗透进生活的方方面面，悄无声息提升百姓获得感。

交通信号灯根据实时车流"智能变脸"，智慧停车系统帮你快速找到停车位，行人闯红灯、车辆不文明鸣笛抓拍并警示……中关村西区正借助科技手段打造智慧交通示范区。

"附近高科技企业众多，过去早晚高峰交通拥堵带来很大困扰。"一家高科技企业员工庄先生说。

如今，智能交通系统实时分析车流、车距、车速等参数，一旦出现拥堵，可将分析结果共享给交通信号控制系统，调整信号灯时间进行疏堵。

"车流多的时候可以调整绿灯周期达到40秒，车少则调整为30秒或15秒。"海淀城市大脑研究中心副主任、城市大脑产业联盟副秘书长陈晨介绍，系统正陆续对接海淀500余个公共停车场、7万多停车位，可帮助驾驶员以最佳路线找到停车位，减少无效行驶，提高通行效率。

这是城市大脑系统在交通领域应用的一个缩影。走进海淀（中关村科学城）城市大脑展示体验中心，就像走进了海淀区城市管理的中枢。城市管理、公共安全、生态环保、交通秩序……每块电子屏都对

在北京市海淀（中关村科学城）城市大脑展示体验中心，一名工作人员向参观者演示"城市大脑"系统在城市中的应用（2020年8月17日摄）。（新华社记者 鞠焕宗 摄）

应着一个智能化场景。

"将城市整体作为一个有机生命体，建成感知神经网络，用科技手段提升治理能力，打造新型智慧城市。"海淀城市大脑专班办公室副主任巩振文说。

机制创新破难题 协同共治绘新篇

位于北京市东南四环附近的北京环卫集团小武基垃圾转运站，承担着东城区、朝阳区生活垃圾的筛分处理和转运任务。由于建成时间较早，转运站曾因露天作业、车间未密闭、除臭设施不齐全，严重影响周围居民生活。

"一年四季不敢开窗，一出门臭味扑面而来……"转运站附近周庄嘉园社区居民李忠旭说，2015年入住后发现，小区最近的一栋楼距离垃圾处理车间只有20多米。

周庄嘉园社区居民马进说："也和转运站沟通过多次，但一直没有解决。我们试着打12345热线反映，没想到很快就收到回复。"

民有所呼，我有所应。2016年1月，小武基垃圾转运站全密闭除臭工程获批，2017年7月完工，实现作业区域全密闭负压运行。生产区域内的臭气全部集中收集处理，达标后排放。

"改造完成后，环卫集团还让我们去参观，在转运站院子里都闻不到垃圾味儿。"马进说，"终于可以请亲戚朋友来家里做客了。"

近年来北京市依托12345市民服务热线平台，以"接诉即办"机制为抓手，撬动基层治理大变革，拿出"绣花"功夫解决百姓身边难题。

"绣花"功夫还离不开上下协同。在东城区建国门街道赵家楼社区，30多年的老住户郭砚菊不住地感叹这几年的变化。"以前是没物业、没保安、没保洁，楼道内有很多小广告，灯也不亮，下水管道经常堵塞。"

如何解决老旧院落失管问题？2019年，赵家楼社区创新引入非公党建资源，通过"社区+非公企业+居民"三方联动，共同参与老旧小区综合治理，逐渐探索形成党建引领老旧小区综合治理的"赵家楼模式"，居民生活环境不断改善。

"现在有了物业，刷楼道、理电线、安门禁，居委会逢年过节还组织茶话会呢！"郭砚菊说，"居民都特别关心社区建设，拿出自家的水泥补平坑洼的地面、购买油漆粉刷报刊箱、邻里节时每家拿一勺面聚在一起包饺子……多方联动、协同共治，就能让咱们的'家'更美好！"

（新华社北京2020年8月28日电　新华社记者骆国骏、李德欣、王君璐）

沽水流霞正美好

——天津"工笔"绘就"小康图"

高耸于云霄间，搭配360度旋转观景窗，257米高的"全国最高书斋"成了天津新晋网红"打卡地"。走进天塔西岸书斋"知道吧"，伴着流淌的音乐，或捧书细读，或立窗静赏，美好生活与津门秀色在此"邂逅"。

"以前谁来？望出去灰蒙蒙一片。现在倍儿美！日子好了，求什么？就求个好环境、好心情！"64岁的读者杨鑫会对着窗外天蓝如海、翠色如洗的景色感慨道。

百姓的感受，是"阅卷"的分数。全面建成小康社会的"赶考"路上，天津对发展的追求从"有"到"优"，"工笔"绘就"小康图"。

以绿为底，增添"生态福利"

初秋清晨，太阳掀起了前进村的面纱，村民张振华的农家乐小院又迎来热闹的一天。"三四个月，营业额七八万元。"他颇为得意地说。街道干净、民居整齐，村道两旁墙面上连绵的淡雅手绘画配上村边稻田与荷塘，一幅乡村美景展轴眼前。

游人在天津市蓟州区渔阳镇西井峪村的农家院内参观（2020年8月21日摄）。（新华社记者李然 摄）

倒退几年，前进村还是津南区北闸口镇有名的"后进村"。"'散乱污'作坊多，环境脏乱差。别说游客，本村人都不愿待。"张振华回忆。

2017年，天津2万余家"散乱污"企业集中整治，村里小作坊就此关停。

"理念变、环境变、产业变、乡风变、生活变。"说起变化，前进村党支部书记张国娟连用了五个"变"。2019年，通过发展生态农业、乡村旅游，全村人均可支配收入超过2.7万元。

前进村如今已成为一道巨大绿"墙"的一块"砖"。两年来，这道面积736平方公里的"墙"在天津中心城区和滨海新区间铺展。

"处在寸土寸金之地上、相当于中心城区两倍面积的这道绿色生态屏障，既避免了超大城市'摊大饼'降低宜居度，又为高质量小康留下了'绿色宝库'。"天津市城市规划设计研究院副院长周长林说。

漫步在绿化林中，74岁的叶宝荣正身着艳丽的中式绣花裙，与老伙伴们拍着视频。"退休了，来享受这'生态福利'！"

循着绿廊和水系，与生态屏障相连的，是总面积约875平方公里的天津四大湿地保护区。大雨初歇，素有"京津绿肺"之称的七里海湿地，雾气氤氲，苇海涌动。

"'绿肺'差点'窒息'！"七里海湿地自然保护区管委会顾问于增会说，过去，这里农家乐风靡、旅游设施遍布，每年约有35万人次游客进入核心区，生态退化严重。

2017年开始，天津以前所未有的投入和力度，推进湿地修复。"'人为痕迹'撤出了，濒危鸟儿回来了。"于增会说，记忆里的湿地"苏醒"了。

更大范围内，"三区、两带、中屏障"生态骨架自北向南贯穿天津，山、林、湖、海、草、湿地组成的"蓝绿空间"连接京冀，环首都"生态护城河"正在形成。

以质为帅，释放"创新红利"

渤海湾畔，三河汇海。一栋栋红砖小楼，见证"小渔村"变"中关村"。

在天津滨海-中关村科技园展示中心，一项项创新成果吸人眼球，其中就有"海翼"号深海滑翔机。"'海翼'号最深下潜超过7000米，在大洋中写下数个世界'首次'。"天津深之蓝海洋设备科技有

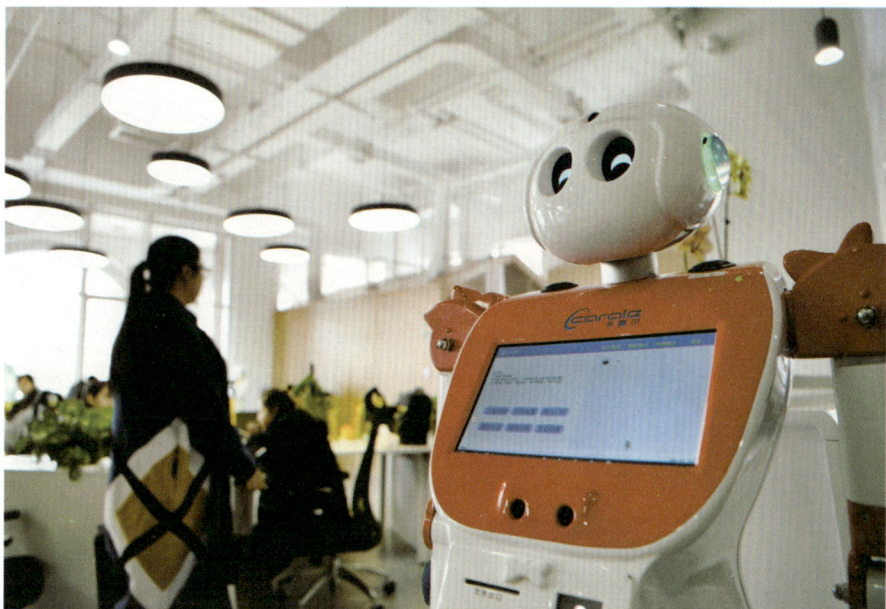

图为在天津滨海-中关村科技园拍摄的智能机器人（2019年1月29日摄）。（新华社记者 李然摄）

限公司副总经理刘奇说。这背后，有着这家公司申请的超200项专利。

让有梦想的人有舞台，创新企业才能拔节成长。挂牌3年多，天津"中关村"注册企业1700余家，培育出一批原创性重大成果。

不远处的"天津国际生物医药联合研究院"大楼已成功孵化超过310家生物医药企业。"'一站式'孵化器服务，让企业心无旁骛搞创新。"研究院党委书记黄亚楼说。

不曾止步的创新，有国之重器的托举。"'天河一号'每天服务8000余个科研计算任务，为石油开发、装备制造、生物医药、动漫设计等行业累计带来经济效益近百亿元。"国家超算天津中心总工程师冯景华说。

"今年上半年，全市工业战略新兴产业比重达25.3%，比去年提升

图为国家超级计算天津中心"天河一号"主机房（2019年1月21日摄）。（新华社记者 李
然 摄）

将近5个百分点。"天津市工信局总经济师周胜昔说。

在天津新松机器人自动化有限公司副总裁吕忠伟看来，"软环
境"让天津更有魅力。"不为不办找理由，只为办好想办法。"

着力打造国际一流营商环境，企业最有发言权。仅滨海新区，
2020年上半年实际利用内资和外资，分别同比增长15.2%和4.2%；新增
市场主体同比增长37%。

科创企业的汇聚，也让"智慧"走入寻常百姓家。

不久前，市民田华购买了中新天津生态城一座智慧小区的住宅。
进入小区，智能信报箱、智能垃圾箱、智能跑道、智能安防等应用场
景无处不在。回到家，呼叫"小度"便可远程问诊，喊声"小欧"就
能开关窗帘。"小康有'AI'更美好！"田华说。

变"聪明"的不止生活。在天津港，越来越多的作业设备实现智能改造。爬高上低、风吹日晒的"蓝领"转身成"白领"。"连女生都可以操作了！"女司机丁亚楠坐在办公室里，远程操控着集装箱门式起重机，不到两分钟便将一个集装箱精准地吊装到转运卡车上。

以人为本，共享"发展厚利"

骤雨正酣。"过去，下雨最糟心。屋顶漏雨、门缝灌水，回家还得'三级跳坑'。"回忆过去，年过六旬的吕孟学眉头紧锁。

搬进红桥区和苑康和园前，她住在西于庄——天津最大的一片棚户区。上万户居民蜗居在高楼后的"疤痕"中，户均面积12平方米。

"不敢想能住进楼房。"2017年，天津市启动市区三年大面积棚户区改造工程，6.24万户居民搬离了破败逼仄的棚户，吕孟学家是其中之一。

棚户区退出历史，老旧小区改造仍在进行。从消防、电梯、路灯，到二次供水、燃气、供电，天津市3年来实现3069个片区的老旧小区改造。

城里居民住新房，村里的张培俊也有了新院。作为天津市农村困难群众危房改造的受益者，武清区汊沽港镇六道口村村民张培俊告别了居住30多年的老破房，拥有了结实、整洁的新居。

2020年，天津市仍有重点建设的社会民生保障项目47个，总投资908亿元，年度投资159亿元，旨在增强群众幸福感。说到幸福感，88岁的梁冰老人拿出手机展示。"疫情期间，小区居家养老中心开办了'智能手机培训班'，我现在都会手机'K歌'了！"梁冰笑着，播放起《当你老了》。

她居住的河西区富源里社区，以细致的居家养老服务让很多老人成了"铁粉"。贴心服务背后，是对全区20余万名老年人开展的全面入户调查。摸清底数、弄清需求，除了老年大学、老年食堂等"标配"外，养老服务更精准。

"老有所养，老有所依，老有所乐，就是小康生活。"梁冰说。

年轻的工厂一线操作工李敏娜，选择开创更美好的明天。最近，她得到了免费的培训机会，参加中国（天津）职业技能公共实训中心现代物流技术实训。"拿到结业证，个人发展又多了张'通行证'。"

"天津市每年进行紧缺职业趋势分析，根据紧缺度发放培训补贴。"天津市人社局职业能力建设处副处长刘永盛说。

谋民生之利，解民生之忧。近年来，天津市千方百计增加就业、提高收入，不断扩大养老、医疗保障覆盖面，加大困难群体救助力度，建成基本医疗服务"15分钟步行圈"……2019年，天津市居民人均可支配收入超4万元，位列全国第四。人均预期寿命超过全国平均水平。

津沽大地日新月异，精雕细琢更显质感。天津高质量小康图景日益丰盈而精致。

（新华社天津2020年8月31日电　新华社记者王明浩、刘元旭、白佳丽、刘惟真）

乡村振兴新思路，
我们的家乡变了样

大山深处有"新家"

——大别山村绘出现代版"富春山居图"

　　八百里大别山，横亘在中国地理的南北分界线，这里既有北国江南的风光旖旎，也有江南北国的豫风楚韵。古老村落、绿色资源、红色故事，在此交相辉映。

　　伴随乡村振兴战略的实施，大别山区正发生着翻天覆地变化，小

一名村民在田铺大塆的稻田中劳作（2020年6月12日摄）。（新华社记者 李嘉南 摄）

康生活悄然走近，叩开革命老区的大门。

走进散落在大别山那些依山傍水的村落，一幅幅现代版"富春山居图"徐徐展开，这里有一水护田、青山对开的美丽生态，有蒸蒸日上的各色产业、载满乡愁的农耕印记，还有村民脸上洋溢的欢喜，所见所闻恰可满足游客对美丽乡村的想象。

风景生宝藏，重塑美丽新乡村

曾发誓走出田铺大塆就一辈子不回来的韩光莹回来了。

刚送走一波游客，有了片刻闲暇，韩光莹坐在堂屋望着门外有些出神：盛夏时节，田铺大塆总是弥漫着化不开的水墨色，这个曾经拼命想要逃离的地方，现在竟这样迷人。49岁的韩光莹如今在老家河南省信阳市新县田铺大塆开了一间名叫"老家寒舍"的民宿。

塆，在字典里的释意是指山沟里的小块平地。大山阻隔，曾让这里的发展缓慢。韩光莹记忆里，田铺大塆总是破破烂烂的，"晴天一脚牛屎，雨天一腿污泥"。

"那个时候，年轻人觉得最有出息的事就是离开这个村。"韩光莹说。20世纪90年代，韩光莹远赴韩国务工，这一时期他家里兄弟姐妹6人，有5人都在外打工。

改变悄然而至。在2014年，田铺大塆等村庄成功入选第三批中国传统村落名录。随后，新县规划"九镇十八湾"，发展全域旅游。田铺大塆先后完成了修路排水、大塘整修、人工湿地等11项系统工程，彻底改变了村庄面貌。

如今的田铺大塆青山环抱，碧水萦绕，一道道梯田水塘错落有致，一排排土坯瓦房朴实静美，充满韵味的山乡风景吸引远近游客纷至沓来。

与此同时，在信阳市，一批大别山村趁着乡村振兴的机遇也开始在红色文化、绿色资源、古色村落上做足文章，美丽乡村越来越多。据统计，目前信阳市已获国家、省、市级美丽乡村等荣誉称号1872个。

远在韩国打工的韩光莹一直关注着家乡的变化，2016年他辞掉工作回老家，将老屋翻新，办起

2020年6月12日拍摄的田铺大塆（无人机照片）。（新华社记者李嘉南 摄）

村里第一家民宿。改造后的"老家寒舍",门口有竹、门头挂匾、院里设茶,堂屋居中悬挂一幅"蕉岭烟云图",右侧悬挂一幅家族族谱。

寒舍不"寒",游客很旺。韩光莹的小院共有6间房,平时入住率在60%以上。每逢假期都要提前预订,现在每年纯收入10万多元。"留在老家,守着田园,还能为家乡建设出一份力,再没什么比这更让人心里美了。"韩光莹说。

村民携创客,故乡蕴新机兴新业

村民许秀青家的用电量,比5年前涨了10多倍。

"电都用在哪了?"60岁的村民许秀青掰着指头算:"家里现在有3台空调、4个冰柜……"电器多到一时数不过来,她干脆一挥手爽朗地笑道,"用电的地方越来越多,日子也越过越好!"

许秀青是田铺大塆"春临农家"饭店的老板,也曾是村里最年轻的留守人员。

田铺大塆共81户,295人,外出打工潮兴起后,村里最少时候剩不到50人。"能走的都走了,到了饭点儿也都没几户冒烟。"许秀青也碰上了一生中最难的时刻,儿子结婚加上老伴生病,家里欠下20多万元的债。

小康不小康,关键看老乡。田铺乡党委书记邵燕说,2014年,着手打造田铺大塆美丽乡村的同时,如何培育产业、创造就业,让村民富起来,成为摆在田铺乡党委、政府面前的一道必答题。

在村干部的动员鼓励下,许秀青办了村里第一间农家乐,做起了第一个吃螃蟹的人。大家给农家乐起了一个寄寓希望的名字:"春临农家"。

"咱穷山沟，有人来吗？""可别牌子刚竖起来就砸了！"……在村里开农家乐，一开始村民并不看好。然而，"逆袭"后的田铺大塆很快出了名，村里游客络绎不绝。

"赶上假期，我从中午11点开始炒菜，一直到下午4点，手都没有离开过锅铲。"仅用了3年时间，许秀青就还清了所有的外债。2019年一年，凭借农家乐许秀青一家收入30万元。

2018年，许秀青赢得了人生中的第一项荣誉，成了田铺乡"创业示范典型"，她将奖状摆在了堂屋最显眼的位置。

为在村里孵化更多"许秀青"，2016年，村里专门成立三色农耕园艺农民专业合作社，与上海一家旅游管理公司合作，背靠青山绿水，打造"创客小镇"。

"啥是'创客'？"一开始村民们不理解。

后来，村里陆续有了：卖手绣鞋垫的"匠艺工坊"、卖竹编的"不秋草"店、卖蜂蜜和豆腐乳等土特产品的"田铺伴手礼"店……20多家"创客店"就地取材，各具特色。这时，"创客"在村民心中的形象真实丰满起来。

2019年，田铺大塆游客超过100万人次，旅游综合收入8500多万元，吸纳就业120余人。

除了民宿、农家乐、创客店，田铺大塆农民还将从"三块地"刨金。邵燕介绍，全乡12万亩林地计划入股，成立合作社；6000亩耕地即将整合，发展观光农业；108户易地搬迁后，流转宅基地，建设康养度假村。

产业多了，人也多了。傍晚，许秀青走在村里的石板路上，看着不到饭点儿家家户户都升起烟火，心里有说不出的欢喜。

乡忧成乡恋，绘出"富春山居图"新画卷

走进田铺大塆，黑片瓦、黄泥墙，仿佛一幅拙朴的山水画。

来到新县西河村，远山如黛，一水绕村，150余间古民居隔河相望，村子每一处最细微的美，都得到了尊重。

步入罗山县何家冲村，同是如画景致却更显厚重。这里是昔日红二十五军长征出发地，青山环野立，古树参云天。一幢幢明清风格的豫南古民居，诉说古村的历史。

……

如今，这些美丽村落星散在大别山区，成为一道道载满乡愁的风景线。

不搞大拆大建，因村制宜，因势利导，信阳市逐渐打造出一幅幅各具特色的现代版"富春山居图"。

青山绿水的美丽生态、蒸蒸日上的各色产业，吸引了越来越多的农民工返乡创业，投身家乡建设。

据信阳市务工服务办公室统计，截至2019年底，信阳市农民工返乡创业累计达13万多人，累计创办各类经营主体近8万个，带动就业80多万人，涉及乡村旅游、山林综合开发、电子商务、种植养殖等多个领域。

不仅曾发誓一辈子不回田铺大塆的韩光莹回来了，韩光莹的大哥、二嫂也都回村开了店，一家人离乡务工20年后再度团聚。

如今，田铺大塆村民对家乡的改造仍在继续，每隔一段时间，村

店员在田铺大塆一家文创纪念品店内整理竹编产品（2020年6月12日摄）。（新华社记者李嘉南 摄）

里就如雨后春笋般"生发"出新的主题商店、手工作坊和特色民宿。如今，对实现"产业兴旺、生态宜居、乡风文明、治理有效、生活富裕"的全面振兴，大别山区群众充满信心。

"远看烟山云树，近听泉水潺潺"。此情此景，49岁的韩光莹不由感慨："回来了，就再也不想离开了。"

（新华社郑州2020年7月9日电 新华社记者王丁、李钧德、史林静）

"南大荒"变"稻蟹乡"
——资源枯竭型城市盘锦的乡村振兴之路

当年的"南大荒",如今的"南大仓";昔日的盐碱地,现在的"稻蟹乡"。资源枯竭型城市辽宁盘锦,在全力推进城市转型的同时,乡村振兴之路走得蹄疾步稳。

盛夏的盘锦,乡村宛若一块五彩斑斓的调色板:160万余亩的水稻田如铺展开来的绿毯,红色的碱蓬草为绵延的海岸线抹上"腮红",黛瓦白墙的民居,碧波浩渺的辽河,一望无际的芦苇荡……映入眼帘的这幅美丽画卷,映射出"南大仓"里的小康故事。

"稻蟹乡"里说丰年

骄阳似火,稻田里天光水影,万物生辉。

田埂边,一只只纽扣大小的螃蟹吐着泡泡。盘山县胡家镇农民张海涛穿着雨靴,在稻田里查看水稻和河蟹长势。听到脚步声响,小螃蟹们"哧溜"一声,躲进稻田深处。

"今年水稻长得不错,河蟹也没啥毛病,就等着秋收啦!"张海涛的眼中充满了自信与期盼。

49岁的张海涛种植了300亩稻蟹田，水稻田里养殖螃蟹，种稻养蟹两不误。"水稻亩产1300斤左右，河蟹亩产30至50斤，一亩地的收益达到3000元左右。"张海涛介绍说。这个种了近30年稻蟹田的农民，如今已经注册了自己的公司，除了销售自己田里生产的大米、螃蟹，还大量收购十里八村村民们的产品，统一加工、包装后销往全国各地。

回忆起年轻时生活的场景，张海涛感慨万千："那时生活太困难了，我和媳妇靠仅有的150元钱在市场上从贩鱼干起，和现在比，一个在泥里，一个在天上！"

从1984年建市至今，36年的光阴见证了盘锦这座城市的兴起和巨变。盘锦因油而建、因油而兴，也因此成为资源枯竭型城市。由于土地盐碱含量高，这里曾是全国闻名的"南大荒"。多年来，当地通过排盐降碱、改土培肥等修复措施，使盐碱地逐步成为高产良田。

盘锦光合蟹业有限公司的一名工作人员展示稻蟹共生实验田里纽扣般大小的河蟹。这批河蟹将在当年秋季和第二年秋季迎来收获（2020年7月16日摄）。（新华社记者 姚剑锋 摄）

在盘锦光合蟹业有限公司的实验室里，企业负责人李晓东正带领他的科研团队进行科技攻关。55岁的李晓东是盘锦稻田养蟹模式的重要参与者和推动者。30多年来，他的科研团队突破了河蟹工厂化人工育苗、河蟹土池生态育苗等技术难关，开创了"公司+农户+基地+服务站"的经营模式，带动了当地上万名农户致富增收。

在公司展示厅里，李晓东向记者讲解着稻田养蟹的好处：河蟹在稻田除草、松土、捉虫，排泄物成为水稻的肥料，减少了农药、化肥的使用；稻田为河蟹提供了摄食、栖息的条件，并节约了养殖水面。

如今，这项技术在全国已推广普及开来，种养面积超千万亩，累计为农民增收超过500亿元。

"咱盘锦过去被人说成是'南大荒'，时代变了，科技创新加苦干实干，南大荒也完全可以变成'南大仓'！"李晓东感慨地说。

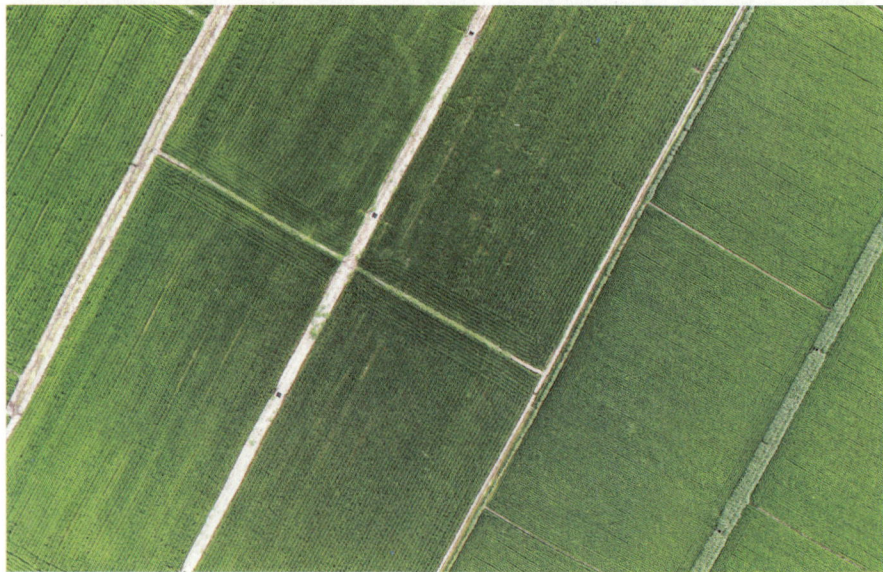

图为盘锦市大洼区大堡子村的稻蟹水田（2020年7月21日摄，无人机照片）。（新华社记者姚剑锋 摄）

目前，盘锦水稻种植面积已有160万余亩，全是盐碱地改良而成。河蟹养殖面积170.5万亩，河蟹年产量7.5万吨。

"盘锦大米和盘锦河蟹作为'国家地理标志产品'享誉全国，盘锦还是'中国生态稻米之乡''中国北方粮食城''中国河蟹第一市'……"说起盘锦的农业、农村、农民，盘锦市农业农村局局长杨昕无比自豪。

好山水留住美丽乡愁

"遇·稻"咖啡馆，音乐舒缓，灯光柔和，服务生李晓舒正在为客人冲调咖啡。窗外瓜果飘香，蝉鸣阵阵，让这间开在盘锦市大洼区荣兴村稻作人家民俗村里的咖啡馆，多了一分祥和。

"我原来在市区一家咖啡馆工作。"李晓舒向记者讲起他的故事，"不过，我更喜欢乡村的安静，这里离市区不远，收入也不错。两年前，我和爱人商议好，一起来村里工作。"

稻作人家民俗村年接待游客超10万人次，安置当地上百名村民上岗就业，2018年，获批为3A级国家旅游景区；2020年7月，在文化和旅游部公示的第二批全国乡村旅游重点村中，荣兴村榜上有名。

像荣兴村这样的美丽乡村在盘锦还有很多。暑期来临，盘锦市大洼区新立镇杨家村越发热闹起来。城里来的游客有的在菜园子里采摘新鲜蔬菜，有的拿出手机对着村民们的屋舍田园拍个不停。送走一拨客人，村民张桂文对记者说："原先村里脏乱差，村里人都想办法搬出去。这几年村里环境变好了，天南海北的游客把咱这当成了旅游景点。"

近年来，盘锦市以"改善农村环境，建设宜居乡村"为核心，在全市所有行政村同步推进绿化、畅通、碧水等工程，美丽乡村建设提质增速，农村人居环境发生了巨大变化。

美丽乡村建设让盘锦实现从富起来到美起来，也为当地全域旅游拓宽了发展空间。2019年，全市乡村民宿达到2000多间、床位8000多张，"民宿+N"产业模式逐步壮大，石庙子村、大堡子村、得胜村被评为国家级美丽宜居村庄，杨家村被评为中国美丽休闲乡村，南锅村、得胜村、石庙子村等10个村被评为3A级旅游景区，赵圈河镇、胡家镇被评为国家特色小镇，省级美丽示范村数量达到41个。

鼓足奋斗的干劲和精气神

晚6点20分，57岁的村民刘元玲带着舞蹈服来到村委会门前的广场

图为盘锦市大洼区大堡子村村民在村委会门前的广场上跳舞（2020年7月21日摄）。（新华社记者 姚剑锋 摄）

上。音乐准时响起，刘元玲和其他村民们换上服装，踏着节拍，跳起广场舞。

400多平方米的广场上热闹非凡。30多人的广场舞队伍舞姿翩翩，旁边两个篮球架下，少年们挥洒着汗水运球如飞，大树下乘凉的村民三三两两，推着零食饮料的小贩也来凑热闹……盘锦市大洼区大堡子村的夏夜就这样开始了。

大堡子村不仅有城里常见的广场舞、超市、浴池，还有5G网络、新能源车充电桩、村镇银行……城里人的便利和时髦，大堡子村几乎都有了。

民居鳞次栉比，村路曲径通幽。穿过一片稻田，看到25岁的郭佳明正在自家的蔬菜种植大棚里调试5G设备。这种远程监控病虫害和土壤温湿度的设备已成为他不可或缺的帮手。2020年以来，他还试水

图为盘锦市大洼区大堡子村的5G基站（2020年7月21日摄，无人机照片）。（新华社记者姚剑锋 摄）

"直播带货"，成功销出几万斤碱地柿子。

这个2015年毕业于沈阳农业大学的年轻人，在外工作一段时间后选择回村创业，不仅研究改良了碱地西红柿种植技术，还带动100余户菜农搞起了合作社，建设种植了150个温室大棚，免费提供技术培训。合作社成员年增收500多万元。"我觉得我的事业应该在农村。现在农村的基础设施很完备，新技术也有用武之地，靠科技种田，可以带动乡亲们致富，这样农村才更有希望。"郭佳明说。

作为辽宁省城乡一体化综合改革试点市和宜居乡村建设试点市，盘锦市从2014年开始加强乡村基础设施建设，提升公共服务水平，全市农村新建黑色路面4300公里；取缔院外旱厕，无害化卫生厕所普及率达到90%以上；农村24小时供水覆盖率达到100%；引导具备实力的燃气企业在农村推进燃气工程，确保燃气管网覆盖率达到100%。

"如今，不少城里人想来咱村里住，没想到咱农民也会过上让城里人羡慕的生活！"大堡子村村支书罗迪骄傲地说，未来村里还要打造现代农村拍摄基地和网红培育基地。

"让乡村美起来，让乡亲们富起来，是盘锦城市转型和全面建成小康社会的应有之义。未来，乡亲们的生活会越来越好！"盘锦市委书记付忠伟说。

（新华社沈阳2020年8月4日电　新华社记者曹智、陈梦阳、孙仁斌、白涌泉）

神山村"神奇"何在？

——井冈山深处觅答案

沿着中国南方罗霄山脉雄浑的曲线，鸟瞰五百里井冈巍峨起伏，黄洋界下神山村的生活在眼前次第展开：竹林环抱村庄，白墙褐瓦的民宿点缀其间，游人沿青石板路穿行，炊烟从农家乐飘摇而出。

"在扶贫的路上，不能落下一个贫困家庭，丢下一个贫困群众。"2016年2月，习近平总书记赴江西看望慰问广大干部群众、来到井冈山市茅坪乡神山村时对乡亲们说。

4年多来，这座贫困发生率曾达30%的小山村，经历了一系列神奇的变化。那些久别归来的游子更是清晰地感觉到，曾经缓慢沉重的生活节奏变得轻盈明快起来，神山村正如翠竹拔节般生长更新。

青山绿水井冈红，神山村神奇不断。

从铁锄头到"金锅铲"

"没有翻不过的山，没有蹚不过的河。心中有梦无难事，酸甜苦辣都是歌。"山歌唱出了一名农村妇女朴实无华的心里话。53岁的彭夏英曾是神山村日子过得最贫困的人之一，如今却是当地响当当的名

图为江西省井冈山市神山村一景（2020年7月15日摄）。（新华社记者 彭昭之 摄）

人：当选全国妇女代表大会代表、荣获全国脱贫攻坚奋进奖……

通常，她都系着一条黄绿相间的细格子围裙，里里外外忙个不停。为了让客人住得更舒适，不久前，她很气派地给自家民宿的10个房间都装上了空调。

3双筷子、3个碗、1箩谷子，这是彭夏英结婚时，她和丈夫张成德的全部家当。"神山是个穷地方，有女莫嫁神山郎，走的是泥巴路，住的是土坯房……"当地流传已久的顺口溜，道出了村民共同的困境。

为了生计，村里当年家家户户都做竹筷。每天天不亮，彭夏英就和丈夫上山砍毛竹，夫妻俩常常被马蜂蜇得鼻青脸肿。筷子做好后，还得挑到山外去卖。肩上3000双筷子的重量，让30里山路显得格外漫长。不幸的是，磨难接踵而至：1992年，丈夫务工摔伤落下残疾；不久后，省吃俭用建起的新房在连日的大雨中被冲毁；又过了几年，彭夏英在砍毛竹时摔伤被送医院急救……

乡里村里干部看她家中困难，上门要她填表评低保，却被她婉拒。"死水不经舀，要细水长流。"彭夏英说。

彭夏英有如水一般的韧性，虽历经磨难，却从未止步。2018年夏天，彭夏英和家人开始经营民宿，还办起了全村第一家农家乐，生意做得红红火火，年收入超过10万元。"国家有扶持政策，我们也要靠自己奋斗。"说这话时，她眼睛望向屋外。她家的房子地势高，放眼望去，半个神山村尽收眼底。

"过去用锄头在地里刨不出几块钱，现在掂起锅铲子就能赚钱，我已经有四五年没上山砍过竹子了。"如今，79岁的老支书彭水生也和当地许多村民一样，开起了农家乐，吃上"旅游饭"。

神山村村民彭夏英在自己开的农家乐前展示自家的农产品（2020年7月15日摄）。（新华社记者 彭昭之 摄）

图为江西省井冈山市神山村一景（2020年7月15日摄，无人机照片）。（新华社记者 彭昭之摄）

目前，神山村的农家乐已发展到20余家，50%的村民参与到乡村旅游服务中。2019年，神山村接待游客32万人次，同比增长14%。

神山人自强不息的精气神浸润在五百里井冈的动人画卷中。

从"逃山"到"返乡"

这里被称作神山是有原因的。据说，神山因群山环绕，状如城垣，被叫作"城山"。也有人说，神山一年四季云雾重重，犹如仙境，故名"神山"。对这些说法，33岁的彭张明从没考究过，他过去想得最多的是怎么走出神山。

神山村位于黄洋界下大山深处，人均只有五分田且多是冷浆田。分散而贫瘠的耕地像是乡村的伤疤，折射出神山村的穷困。逃离大山，成了村民们共同的选择。2016年，全村54户231人，只有不到40名老幼村民留守。

彭张明、彭张卫弟兄俩是神山村较早一批到沿海打工的人。2008年夏天，母亲彭夏英塞给他们1000块钱，让他们去看看外面的世界。当时，广东的部分中小企业正遭受金融危机的冲击。他们顶着烈日，一个个园区逛，一家家企业找。20天后，身上的现金所剩无几。无奈之下，他们商量，弟弟回家，大哥留下。

第二年，彭张明南下投奔大哥，从东莞到深圳，从电子厂、塑料厂上的流水线工人干起，直到成为现在的干洗店洗衣技师，月薪六七千元。"我们以前要寄钱回家贴补家用，现在爸妈赚得比我还多。"彭张明说。

过去，大山压得神山人喘不过气；如今，大山给了神山人足够的底气。"我妈比我们更清楚神山村的发展规划，对帮扶干部也比我们熟悉得多。"彭张明发现，和母亲相比，自己竟然"落伍"了。最

图为江西省井冈山市神山村一景（2020年7月15日摄，无人机照片）。（新华社记者 彭昭之 摄）

近，彭张明开始琢磨回村发展。对于自己的人生，他头一回有了清晰的方向感，"背靠神山村，家家都在脱贫致富。"

第一个做淘宝店、第一个开通微信收款、第一个开快手账号……相比彭张明，他的"发小"左春仁更早嗅到神山村的商机。他利用在外学到的手艺，在家里开起了手工作坊，加工串珠、竹制品等。在浙江、广东等地打了10多年工的彭长良、彭青良、彭德良三兄弟，也回乡办起了农家乐、土特产超市，生意最好的一天，仅蜂蜜、茶叶等土特产品就卖了2000多元。

回村创业的"后浪"一年比一年多。如今，已有近140人回到家乡，在致富路上各显其能、逐梦小康。

从穷山沟到"聚宝盆"

2016年，39岁的彭展阳当时在外地一家企业的技术部工作。此后每次回村，他都能感受到村里脱贫攻坚的火热干劲，犹豫再三，他决定辞职回乡创业。"神山村从穷山沟变成了'聚宝盆'。"彭展阳瞄准乡村旅游，和村民发起成立神山村旅游协会，统一服务标准并对村民开展相关培训。

2017年2月，井冈山市正式宣布在全国率先脱贫摘帽，成为我国贫困退出机制建立后首个脱贫摘帽的贫困县。

2018年，彭展阳担任神山村党支部书记后，带领村民成立神山村商务服务有限公司、好客神山乡村旅游有限公司，实现了村民和村集体同步增收。

记者采访时，神山村正在开村民代表大会，商谈茶树菇培育事宜。"我们要做到伸手能摘桃，弯腰能采菇。"彭展阳描绘起心中的愿景。这些年，村里发展起黄桃、茶叶种植合作社，种上了460多亩黄桃树、200多亩茶树。曾经的贫困户都成了合作社的"股东"，每年仅分红就有3000多元。

神山村的村民，不时能听到新消息传来——井冈山市农业农村局来了技术员，指导村民养"五黑鸡"，听说不出半个月项目就能落地；红色培训、研学旅行、乡村旅游渐渐融为一体，民宿改造升级也提上了日程……

2019年，神山村村民人均收入2万余元，村集体经营性收入达38万元。2020年因疫情影响，一度按下"暂停键"的神山村旅游，目前也逐步恢复往日生机。

神山村的变化，是江西革命老区脱贫奔小康的缩影。2020年4月26日，随着最后7个贫困县宣布退出，江西25个贫困县全部摘帽，基本摆脱区域性整体贫困。

在全面建成小康社会进程中，江西这片充满红色记忆的红土地上，处处激荡着信仰的力量和奋进的足音。

（新华社南昌2020年9月22日电　新华社记者胡锦武、赖星、冯松龄）

我们村里的年轻人

——贾家庄追求美好生活的"动力源泉"

　　盛夏夜，贾家庄村贾街小吃街，食客如织。一场主题为"我们村里的年轻人大联欢"的网络直播，在街口戏台上如约开启，讲述着三代贾家庄"年轻人"奋斗圆梦的故事。

　　61年前，取材于贾家庄的奋斗题材电影《我们村里的年轻人》火

图为2020年7月16日拍摄的山西省汾阳市贾家庄村（无人机照片）。（新华社记者 曹阳 摄）

图为2020年7月25日拍摄的山西省汾阳市贾家庄村"我们村里的年轻人"主题文艺联欢会。（新华社发）

热上映，这个黄土高原上的村庄因此名动全国。

时间长河奔流不息，历史现实交相辉映。

从"有女不嫁贾家庄"的"恓惶村"，到远近闻名的乡村生活样本，山西汾阳贾家庄村靠着一代代年轻人自强不息的奋斗，上演着一幕幕追求美好生活的生动剧情。

"不当百万富翁，要建亿万富村"

每天早上起床后，92岁的村民武士雄都会推着轮椅在村里的广场走一个多小时，有时还会在健身器械上拉伸、活动。

新冠肺炎疫情发生前，武士雄还会和村里200多名老人一起，在广场旁的日间照料中心吃免费的早饭和午饭，看老伙伴们跳操、唱歌、下棋、打牌。

"每天吃的饭不重样。每隔一两个月，村里还组织老年人免费体检。"武士雄说，当年改碱治水吃下的苦，终于变成了现在的"甜"日子。

新中国成立前，贾家庄是远近闻名的穷村。4000亩土地中2800多亩是盐碱地，平均亩产只有几十公斤，村里"讨吃要饭多、光棍多、卖儿卖女多"。

1952年，贾家庄在汾阳率先成立了农业生产合作社，干的第一件大事就是改碱治水，让田地多产粮食。

改碱治水是个重体力活。关键时刻，村里的年轻人站了出来。在党支部书记贾焕星的带领下，宋树勋、邢宝山、武士雄等六七十名二三十岁的年轻人，奔向盐碱滩。"为了排水，光大渠就挖了几百

贾家庄村的村民在"改碱治水"（资料照片）。（新华社发）

条。"当时担任团支部书记的武士雄说。

十多年过去，贾家庄人靠着肩挑手挖，硬是把所有盐碱地变成了亩产800斤、"地成方树成行"的良田。驻村作家马烽以此为原型，写出了《我们村里的年轻人》等作品。

"幸福生活不是从天上掉下来的，而是靠着艰苦奋斗得来的。"回忆起那段岁月，武士雄仍是十分感慨。

吃饱肚子的贾家庄人，没有停止奋斗的脚步。

1986年底，时任党支部书记邢利民将自己办的企业上交给村集体，和其他村干部一起一心一意发展集体经济。"不当百万富翁，要建亿万富村。"他说。

这一年，邢利民36岁，其他村干部有一半年龄在40岁以下。一帮年轻人带领着村民开启了贾家庄的创业之旅。

经过数十年发展，贾家庄集体资产从当年的400万元增至10个亿，村民年人均纯收入从796元增至3万多元，道路、公园等基础设施和住房、饮水、天然气、养老等普惠式服务不断提升。

69岁的贾家庄村原支部副书记张增亮说，正是由于当时的年轻人甘于"亏了我一个，富裕全村人"，才有了今天的共同富裕。

在希望的田野上圆梦

外表文静的"90后"赵欢，是贾家庄旅游公司下属酒店的前台服务员，也是贾家庄拔河队的骨干队员。这支队员最小年龄21岁、平均年龄35岁的队伍，每年都要出去参加比赛，并获得过全国拔河新星系列赛亚军。

"村里的文体活动几十年都没断过。"赵欢说，每年村里都会举办灯会庙会、村民晚会、文艺竞赛、音乐节、篮球赛等各类文体比赛。

"农民的小康生活，应该是全面的，不仅要有物质保障，更要用精神文化来升华。"贾家庄村党委书记邢万里说。

贾家庄周边早年曾流传一句话："有女不嫁贾家庄，嫁到贾（家）庄受恓惶。"如今，这句话变了说法："不要车，不要房，只要嫁进贾（家）庄的'和谐家庭'。"

"两手抓两手硬，歪风邪气吹不进。"1991年，随着集体经济快速发展，贾家庄村党支部决定以家庭为单位，党员带头，开展"社会主义新型农家竞赛"活动。

2006年，这项活动升级调整为"新世纪和谐家庭竞赛"。贾家庄村负责这项工作的武建生说，活动将办好事、孝敬老人、集体劳动、维护环境卫生等村规民约细化为评选标准，解决了村规民约悬置问题，而且通过考核、奖励对村民形成约束和引导。

30年春风化雨，贾家庄形成了良好的村风、家风、民风。"平常开展扫雪、打扫卫生等义务劳动，喇叭一响，村民就全出来了，而且都是先大街后小巷，最后才扫自家门口。"武建生说，别说违法乱纪、上访告状，这些年村里连邻里纠纷、家庭矛盾都很少。

"年轻的朋友来相会"

入夏以来，贾家庄村里格外热闹。除了来村开展培训和素质拓展的多个团体，每周末都要涌入上万名游客。游客们或在村里的汾州民俗文化园、艺术中心转一转，或漫步贾街，尝一尝各地小吃。

在贾街对面不远处，贾家庄参与建设、投资7亿元的国际双语学校正在加紧施工。不久的将来，这所学校带动的教育产业，将与文化旅游、酿酒等产业一起，撑起贾家庄令人憧憬的未来。

张增亮说，贾家庄今天的热闹光景，得益于村支部几次关键时刻与时俱进的改变，更见证着新一代年轻村干部的成长与担当。

20世纪90年代初，贾家庄以"滚雪球"的方式，一口气办了20多个企业，集体经济大有起色，但跟一些先进的村子比，仍是"小打小闹"。

经过考察论证，老支书邢利民乘着乡镇企业大发展的东风，带领村民在1995年咬牙上马了一个年产10万吨的水泥厂。随后，水泥厂产能逐渐发展到50万吨，年均收入2000多万元，成为贾家庄"二次腾飞"的支柱。

进入21世纪，贾家庄的改变仍在继续。2005年，大学毕业后在外创业的邢万里回到村里，同时带回了山西第一个拓展培训项目。"当时每年能够吸引2万人来村培训。"邢万里说，这让他意识到村里发展旅游业是可能的。

为了提高旅游接待能力，在邢万里的建议下，贾家庄在2009年建起一个四星级酒店，并成立了旅游公司。邢万里被村两委请回来担任公司总经理，并被选为村委会副主任。

邢万里带着一帮年轻的"小伙伴"，开始整合村里的旅游资源，挖掘村里的文化元素，建起村史展览馆、马烽纪念馆、汾州民俗文化园、贾街等旅游设施。

2015年，贾家庄再次面临抉择。"国家要求淘汰落后产能，村里的支柱产业水泥厂要么关停，要么投入四五亿元进行技改。"邢万里说。

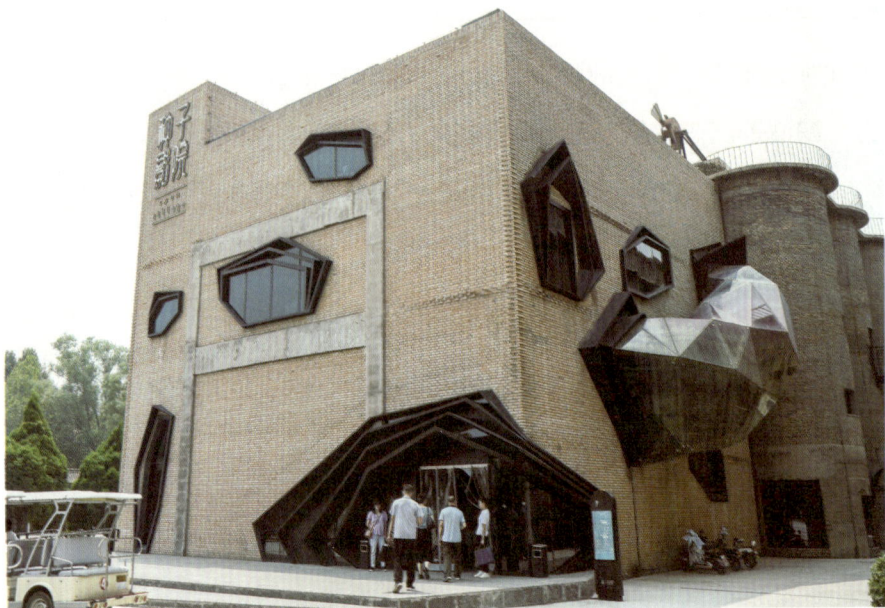

图为位于山西省汾阳市贾家庄村的种子影院（2020年7月16日摄）。（新华社记者 曹阳 摄）

经过讨论，贾家庄决定关停水泥厂，彻底转型，走绿色兴村的路子。

关停后的水泥厂区并没有浪费。村里把厂区改造成工业文化创意园区，建起艺术中心、作家村、种子影院等，成为贾家庄发展文化旅游业的另一只翅膀。

2017年底，39岁的邢万里当选贾家庄村党委书记，与其他5名年纪相当的年轻人和3名老同志一起组成村两委班子，扛起新时代带领贾家庄振兴奔小康的旗帜。

成功举办"电影短片交流周""吕梁文学季"，年旅游人数突破200万人次，40多名在外打拼的年轻人重新回到村里……在不同的时代，"我们村里的年轻人"又聚到了一起。

（新华社太原2020年7月30日电　新华社记者赵东辉、晏国政、孙亮全、张千千）

小土豆走出高山
——电商平台联动农户，打造特色扶贫模式

　　湖北五峰县柴埠溪村的李章秀站在田间，捧着新出土的小土豆，笑容绽放在长满皱纹的脸上。这块三亩见方的地块，在当地武陵山集中连片区，已属一块难得平整的土地。她背后，戴着草帽的老伴正挥舞着锄头平整土地。此时是5月下旬，第一批小土豆已经成熟，陆续出地。

　　很快，这些小土豆将被五峰电商平台的人收走，通过苏宁等电商平台，发往全国。

　　五峰自治县地处鄂西南，是湖北省九个深度贫困县之一。既是少数民族聚居地区又是典型的山区，当地森林覆盖率高达81%。

　　山区地势交通不便人们出行困难，却为当地特色土豆的生长提供得天独厚的条件。当地平均海拔有1100米，海拔高、气温低、温差大，雨热相对充足期正好与土豆块茎膨大期相吻合，五峰县的地理位置和气候等其他因素适合高山小土豆品种"马尔科"的生长。

　　土豆种植在当地由来已久，以前村民种植土豆的主要目的是家庭食用，零散售卖的价格也只有每斤几毛钱，吃不完的小土豆就被村民倒掉喂猪，并无多余价值。直到电商平台的加入，当地人才意识到原来土豆

图为柴埠溪村村民李章秀捧着刚出土的土豆。

还能有经济效益。

　　说起在电商平台销售土豆，赵鹏是其中不得不提的人。原在武汉工作的他，2016年作为引进人才回到老家五峰参与电商创业，打造五峰县域第一农村电商综合性服务平台"五峰蓝"，建立电商产品数据库、可视化监管系统和溯源系统，为县域网销农产品质量安全管理作出巨大贡献。2018年7月，苏宁易购中华特色馆五峰馆正式营业，赵鹏担任五峰馆的负责人，通过苏宁的渠道，帮助优质农产品走出深山。

　　在实地调研中，赵鹏发现当地所产土豆因未施用化学肥料，果实小巧，皮黄光滑、薯型整齐，虽然产量小，但淀粉含量高、口感软糯、耐运输、耐贮藏，土豆质量上乘。他决心借助电商平台将高山小土豆推广

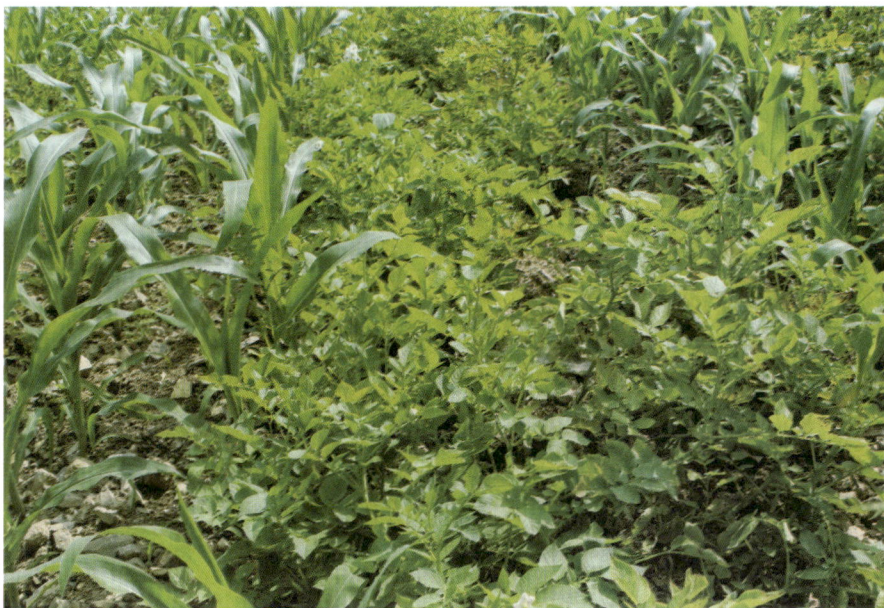

高山小土豆是五峰特色农产品。

到市场上。

　　通过电商企业+合作社+农户的模式，可以实现土豆收购业务的产销一体化。赵鹏借助苏宁中华特色馆打通线上渠道，合作社向农户提供老土豆种子和技术指导，农户只需负责把小土豆种好，待土豆成熟后，会有专人深入村里收购小土豆，经在物流中心统一分拣后，发往全国。"这两年农户种植小土豆的热情增加了很多，我们的收购价能到一块钱，他们的收益是翻番了，确实能帮助农户增收"，赵鹏称电商深入农村后订单式农业有力保证了农户的经济效益。

　　目前，赵鹏所在的电商平台收购的小土豆有80%来自贫困户，示范基地种植100亩，发动社员种植400亩，年产150万斤以上，带动就业1000人，实际带动农民脱贫致富，在村里颇获好评。

　　作为电商平台，依托小土豆、茶叶、腊肉等五峰特色农产品，苏

赵鹏和他运营的中华特色馆五峰馆。

通过在苏宁等电商平台的销售，小土豆很快走出高山。

宁给予五峰馆以拼购、品牌推广等资源支持，在苏宁易购中华特色馆、苏宁拼购首页上均有重要展示。近期正是当地高山小土豆上市之际，五峰特色馆联合苏宁拼购发起高山小土豆特卖活动，一天内下单超过1000单。据赵鹏介绍，一天内可实现湖北境内快递，三天左右可运至北京等地，让小土豆最快送达消费者餐桌。

近年来，政府已看到电商扶贫对当地经济发展的巨大作用。五峰县副县长王文川介绍，当地已发展建设1万亩电商扶贫网货供应基地，鼓励电商企业优先销售贫困户农产品，建立健全驻村工作队和电商企业的沟通机制，举办各种线上线下活动促进贫困户农产品销售。在2019年扶贫上取得不菲效果，带动1027户贫困户增收503万元。

谈到与苏宁的合作，王文川称，2018年五峰县政府与苏宁签订战略合作框架协议，协议就推进苏宁新业态在五峰的全面布局和落地达成意

苏宁长阳扶贫实训店。

向。除了充分利用线上渠道优势，苏宁还帮助打造地方特色品牌。五峰和苏宁展开深层次的合作，联合拍摄专题片《寻味中国》栏目对五峰腊肉进行专题介绍，该片于《寻味中国》栏目第39期播出，对于当地品牌传播和打造有良好效果。

据苏宁相关负责人表示，目前在线上已开设400多家苏宁易购中华特色馆，全国有约一半的国家级贫困县开馆运作，帮助优质农产品"触电"，帮助打造特色产业。同时在线下，苏宁独创的扶贫实训店已在全国百个国家级贫困县落地，在距离五峰县150公里外的长阳，就落地一家苏宁扶贫实训店。以实训店为基地，广泛进行线上线下开放式培训，培训达2.5万场次，40万人次收益，解决四千贫困户的就业问题。

扶贫之路，道阻且长，只有联动政府、电商和农户，从一线需求出发，才能真正推进扶贫的发展。有了苏宁等电商平台的支持，更多的李章秀们能安心种植特色农产品。

小人参也有大市场

——90后"人参姑娘"带动乡亲致富

所有漂泊的人生都梦想着平静、童年、杜鹃花。90后东北女孩马晓彤也是，大学毕业后在深圳工作四年，漂泊之中总闪起回乡创业的念头，遍布人参的东北是她的家。

吉林省白山市抚松县万良镇有"人参之乡"的美誉，有全国乃至亚

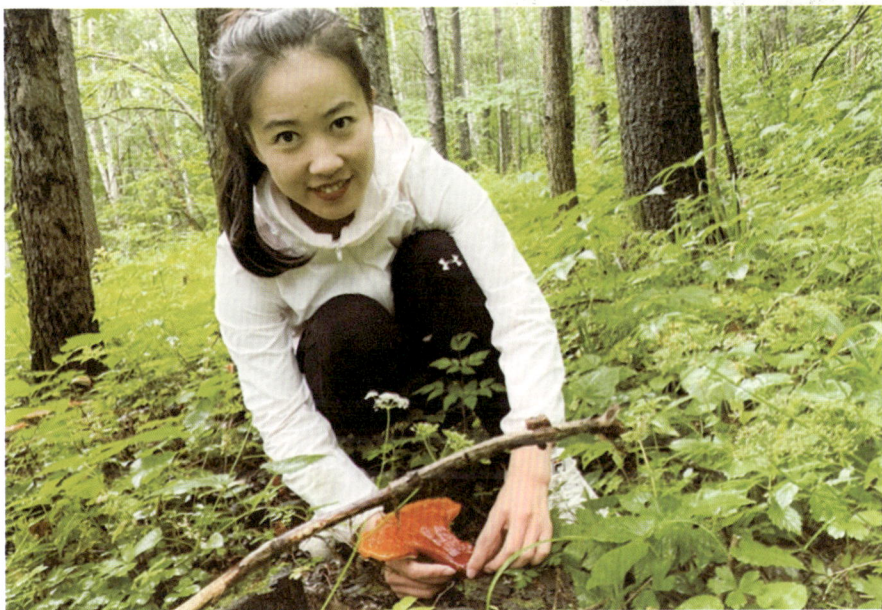

90后"人参姑娘"马晓彤。

洲最大的人参交易集散地，马晓彤想到在电商平台售卖人参以此打开新的销售渠道。现在作为当地知名的"人参姑娘"，马晓彤探索出线上结合线下的经营模式，带动村民致富。

苏宁拼购为小规格人参打开销路

2013年，马晓彤大学毕业后进入深圳市一家企业做财务预算。在深圳，她感受到电商发展的蓬勃脉动，隐约升起做电商创业的念头。

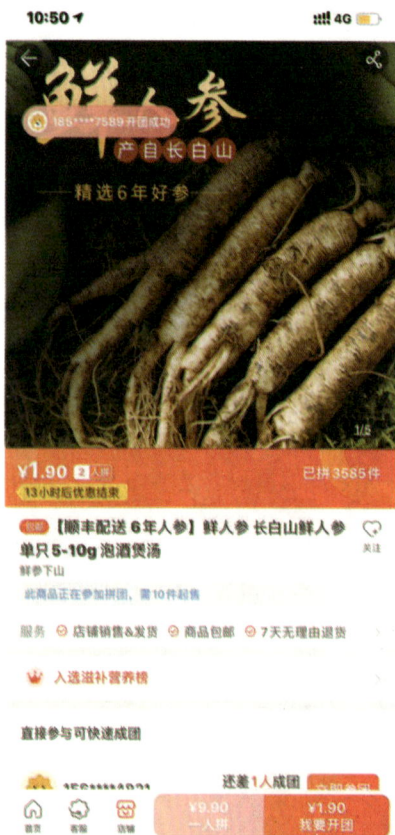

小规格人参苏宁拼购页面。

2017年马晓彤返乡考察，看到市场上人参售卖还是以传统线下渠道为主，她敏锐感知可以利用互联网，为家乡优质的人参打通线上销售渠道。

经过多方考察和了解，马晓彤选择加入苏宁电商平台，开通抚松扶贫馆和苏宁拼购店铺。在人参零售行业中，消费者普遍偏好个头大的人参，个头小的总是无人问津。马晓彤说："依托于苏宁拼购的模式，我们创建了小规格人参的销售方式，5-10克的鲜人参，价格实惠，老百姓都可以接受，很快本地这个规格滞销的人参，售卖一空。市场反馈很好，老百姓很感谢我

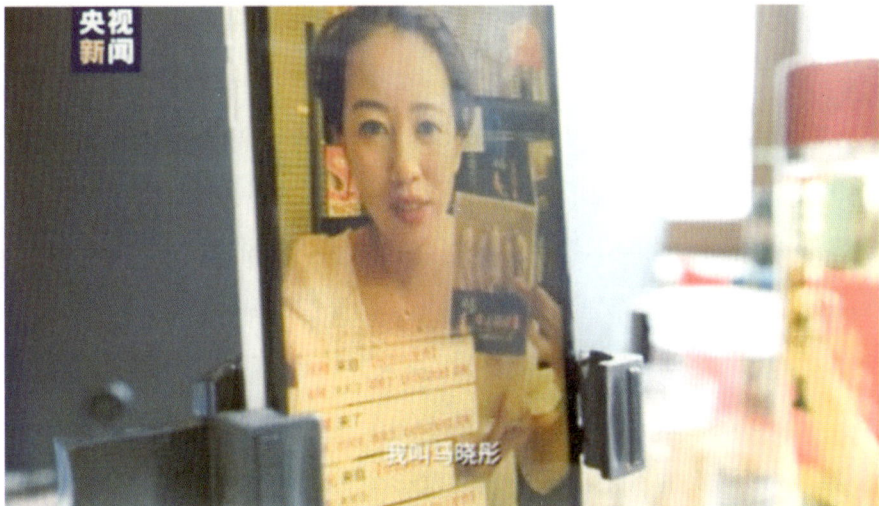

马晓彤在做网络直播销售。

们，解决了这个规格人参卖不出去的难题。"

同时，苏宁易购也给予了马晓彤很大的技术支持和流量支持，现在无论是单量还是销售额都在迅速增长，由于单量的提升，在降低快递成本的同时，利润也增加了不少，还帮助了更多的农户打开了销售通路。

直播加持让东北优质好货走出大山

除了售卖人参，马晓彤还挖掘当地优质农特产品玉米、辣白菜等在苏宁平台上进行售卖。

作为思维敏捷的年轻人，马晓彤紧跟潮流，2019年又做起了网络直播销售，把摄像头对准田间地头，让消费者在线围观起参等过程，让长白山脚下的优质生态环境为自己的人参产品做背书。

2020年疫情期间，马晓彤在直播间里介绍当地优质农特产品，截至目前，马晓彤已经帮助当地居民，销售木耳6吨，蓝莓干5吨，榛蘑2吨。

第一年线上销售额200多万元，第二年600多万元，2020年仅"6·18"当天，就实现了100多万元销售额，全年销售额预计突破3000万元……3年间，马晓彤把自己的电商工作室经营得风生水起，万良人参搭乘着互联网"快车"走向全国各地，甚至远销海外。

除了自己致富，马晓彤还帮扶乡亲共奔致富路。她的公司累计带动当地就业58人，其中玉米全部采购于吉林省白山市抚松县沿江乡（省级贫困村）的贫困户家中。马晓彤个人还被授予了"最美党员—创业先锋"的称号，抚松县商务局为她公司授牌"抚松县电子商务扶贫基地"。

现在，在苏宁等电商平台的加持下，成吨的木耳、蓝莓干、榛蘑等乘着电商"快车"走出大山，给农户带来了收益和希望。

猕猴桃化身"金果果"

——电商助力十八洞村飞地经济

　　九月初的湘西，云雾缭绕，十八洞村隐匿在山林中，似乎是武陵山下的桃花源。最近时值十八洞村的猕猴桃上线，村里迎来了州长和网红直播嘉宾。2020年9月8日，中央广播电视总台财经节目中心大型融媒体行动《走村直播看脱贫》，来到湖南花垣县十八洞村，报道苏宁电商扶贫带动十八洞村猕猴桃线上销售。

州长网红齐带货　助力十八洞村猕猴桃销售

　　在央视的直播镜头里，上千亩的猕猴桃基地向大山深处绵延而去，跟远处的山、云和雾气交融，十八洞村的猕猴桃基地绿意盎然，果实缀满枝头，穿着苗族服装的当地村民正在基地忙活。基地旁边正搭着一个直播间，湘西州副州长向清平、湖南苏宁总经理窦祝平和当地网红二丫共同现身直播间，助推十八洞猕猴桃外销。

　　向清平表示，十八洞村的猕猴桃非常优质，现在湘西州正在包装打造当地特色品牌，希望通过推动地方品牌的建设，带动整个湘西产业扶贫的发展。窦祝平在接受央视采访时称，苏宁将会接入苏宁家乐福、苏

央视直播走进十八洞村的直播间。

宁拼购等渠道资源优势，帮助十八洞村的猕猴桃打开销路，苏宁易购充分利用其强大的物流、平台优势和丰富的行业资源，立体扶贫，助力贫困地区脱贫致富。

此次直播氛围热烈，当日在线观看人数突破10万。截至当日中午12时，已销售猕猴桃12万斤，预计全天全渠道销售猕猴桃20万斤。十八

湖南苏宁易购总经理窦祝平介绍在当地的业务。

洞村猕猴桃销量火爆的背后，是政府对农村地区脱贫工作高度重视的结果，也是苏宁易购O2O智慧零售的助力扶贫的显著成效。

猕猴桃飞地经济 变身撬动村里支柱产业

湖南省湘西州花垣县十八洞村曾是一个典型的贫困村，全村共225户，其中贫困户就有136户。2013年，村民的人均收入只有1688元。也就是这一年，习近平总书记来到这个小山村，首次提出了"实事求是、因地制宜、分类指导、精准扶贫"的重要理论。从此，十八洞村按下了脱贫致富的"快进键"。

在精准扶贫方针指引下，2019年十八洞村人均年纯收入已经增加到14668元，大批在外打工的年轻人陆续回归家乡集体创富。十八洞村由

十八洞村有上千亩的猕猴桃种植基地。

一个自给自足的小农经济村，变为拥有旅游、劳务、猕猴桃、山泉水、苗绣五大支柱产业的小康村。

2014年，十八洞村猕猴桃产业园开始建设，以中科院武汉植物园为技术依托，通过高标准建园、精细化管护、现代农业技术，保证果实达到高水准。同时，基于湘西州得天独厚的地理位置和纯天然无污染的环境优势，十八洞村猕猴桃果香饱满，风味十分浓郁，已获有机认证。

苏宁携手湘西州 精准扶贫推农村电商发展

据苏宁中华特色馆湘西馆负责人严云介绍，因十八洞村土地较少，他们还通过租用其他村的土地来种植猕猴桃，发展了猕猴桃的飞地经济。目前种植基地共3000亩，其中2000亩都是租用，通过这样的经营模式，他们除了带动十八洞本村225户939人成功脱贫外，还带动周边9600名村民走上致富路。2020年是猕猴桃的第二个丰产年，预计产量可达1000吨以上。

苏宁中华特色馆湘西馆负责人严云介绍猕猴桃特色。

其实苏宁跟湘西州的合作很深入。2019年2月27日，在湘西土家族苗族自治州政府与苏宁易购对接座谈会上，苏宁易购与湘西州政府签署了精准扶贫农村电商战略合作协议，并进行苏宁与湘西州椪柑和猕猴桃合作基地授牌。为通过电商渠道更好帮助湘西州贫困人口增强创收能力，双方合作期限自2020年2月28日起至2022年2月27日，共3年。苏宁将对湘西州开放O2O资源，推动优质农产品采购，提供人才培养、品牌培育、模式打造、生鲜物流等方面的支持，预计销售湘西州农产品3亿以上。

现在，十八洞村的猕猴桃、腊肉等优势农产品，都在通过苏宁线上线下渠道资源优势进行售卖，赋能地方经济发展。

幸福小康入画来
——齐鲁大地描绘小康新画卷

从泰山之巅到黄河两岸，从鲁西平原到黄渤海之滨，科技赋能，传统农业加速向自动化、智能化的"高大上"现代农业转变；水更清、山更绿、环境更优美，生态经济带来"金山银山"；向海而兴、向海图强，耕海牧渔升级换代，海洋经济挺进新蓝海……

山东正奋力打造乡村振兴齐鲁样板，一幅生产美产业强、生态美环境优、生活美家园好的幸福小康"齐鲁画卷"越绘越清晰。

安居乐业，滩区、沃野面貌日新

一百多年前，黄河夺道大清河从山东入海。每临大汛，黄河水就像脱缰野马，裹挟着泥沙冲出河槽，庄稼绝收、房倒屋塌、家当全无。"三年垫台、三年盖房、三年还账"，曾是山东黄河滩区群众的"三三宿命"。

如今，60万滩区群众期盼已久的"安居梦"即将梦圆。在位于黄河滩区的山东菏泽鄄城县旧城镇大邢庄村台建设现场，村民们看着已经建成的一排排二层小楼，满怀期待，按计划他们9月份即可搬进新居。

"真没有想到还有这么好的事，以后再不担心黄河发大水了。"旧城镇北王庄村72岁的村民李忠文说，他此前因水患已搬过三次家，"现在就想着早日搬进新房子"。

盯紧"黄河滩"、聚焦"沂蒙山"、锁定"老病残"，随着脱贫攻坚战的深入推进，越来越多群众打破"宿命"，迎来新生活。与此同时，山东加速农村产业振兴，"面朝黄土背朝天"的传统生产方式正在被机械化、自动化、智能化所取代。

走进潍坊市寒亭区国家现代农业产业园西瓜大棚，满眼圆玉堆绿，一个个"小巧精致"的西瓜吊在瓜藤上。在这里，每株西瓜都有档案、编号；氮磷钾浓度和水分含量自动监测，自动浇水、施肥；大数据分析指导种植，一部手机管理整片大棚。

"把土地流转给了产业园，每年每亩租金就1000多元，在这里打

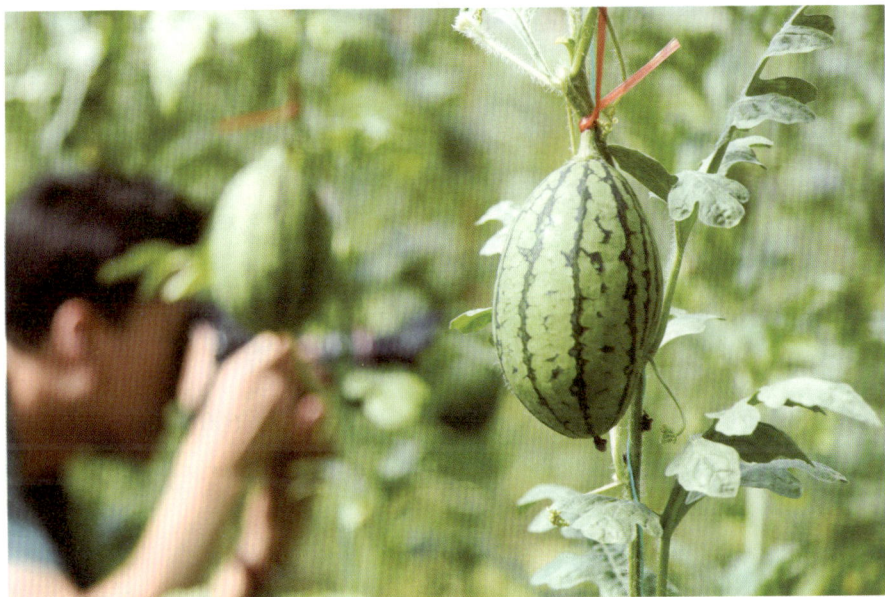

图为2020年7月21日拍摄的潍坊市寒亭区国家现代农业产业园西瓜大棚内的西瓜。（新华社记者 王凯 摄）

工一个月还有4000多元工资，两份收入，比原来可强多了。"73岁的寒亭区固堤街道牟家庄子村村民牟纪柱说起新生活、新收入，言语中透着高兴。

机械化、自动化的同时，许多农产品生产实现规模化、产业化、工业化，展现出强劲生产力。在济宁邹城市大束镇，一个现代化的蘑菇小镇正在崛起，蘑菇科创园、蘑菇主题公园等重点项目已建成投用。小镇中的山东友泓生物科技有限公司现代化金针菇生产线上，接菌、养菌、培育、包装等实现全流程自动化数字控制，金针菇一天的"收成"高达32万斤。

"来公司上班前，我见过别人种蘑菇，但没见过这样种蘑菇的。"在友泓公司车间工作的当地村民杨发庆笑着说，现在工资收入将近5000元，"不用再背井离乡出去打工了"。

新农村有看头、新农业有干头、新农民有奔头。到2018年底，山东全省3年累计减贫251.6万人，基本完成脱贫攻坚任务；粮食总产量连续6年稳定在千亿斤以上，肉蛋奶总产量稳居全国首位；2019年农村居民人均可支配收入达到1.77万元，比2015年增长近四成。

山绿水清，"穷窝窝"变成"香饽饽"

山东菏泽巨野县核桃园镇前王庄村是一个有着约600年历史的"石头寨"，由于无序开采山石资源，这里的生态一度破坏严重。村民王允领说："那时候，一个小青年从庄这头走到庄那头，就变成个白老头。"

2015年，当地开始封山禁采，关停了所有矿山，并投资绿化荒山3000多亩，通过招商引资打造悬空玻璃桥等"网红"打卡景点。不久前，前王庄村石头寨古村落入选全国乡村旅游重点村。

曾是石子运输司机的王允君在村里经营起农家乐和超市，还设计了不同风格的房间，开起了民宿。"游客来了就歇歇脚、喝喝茶。环境好了，我的收入也增加了。"他说。

山更绿、水更清、环境更优美，在这样的变化中，许多农民、渔民体验见证了"绿水青山就是金山银山"。

在济宁市微山岛上，清风吹来，万亩荷叶随风摆动。当地渔民李玲指着湖面告诉记者，此前湖里有很多光伏电板、网箱、围网，后来都进行了清理，并且周边一批煤矿、采石场也关了，微山湖变得干净又漂亮。

随着山、河、田、林、湖、草、大气生态系统的逐步修复，绝迹多年的小银鱼、鳜鱼等对水质要求比较高的鱼类再度现身。得益于此，李玲开起了渔家饭店。她说："现在水好了，鱼的品种也多了，好多都是回头客，节假日时都预订不上，日子比原来好多了。"

图为2020年7月24日拍摄的山东省长岛综合试验区南长山岛内的一些民宿和渔家乐（无人机照片）。（新华社记者 王凯 摄）

如今，在山东威海、淄博等地，还有一批"愚公"正在"修山"。在鲁中山区，山东金润文化发展有限公司十年如一日，投入数亿元，修复破损山体、改良土质土壤，累计实现土地退耕还林4600亩，绿化美化面积3000余亩，种植花卉树木310万株，山体植被覆盖率达到99%。

"原来是'穷窝窝'，现在吃上旅游'香饽饽'。"在金润公司打造的三水源景区做绿化工作的当地贫困户村民马贵芬说，她每月工资两三千元，还有贫困户分红，"日子越过越舒坦"。

向海图强，耕海牧渔乘风破浪

海岸线占中国海岸线总长度六分之一的山东，有着天然"蓝色"优势。依海而兴、向海图强，山东在经略海洋中带动群众致富奔小康。

说起这些年的变化，烟台市长岛上的北长山乡北城村村民感触良多。大约十年前，当地渔民为了追求高产量，养殖密度过大，海洋环境遭到破坏。

近年来当地通过推行"党支部+合作社+基地+养殖户"模式，实现科学养殖、绿色养殖，并进行统一收购销售，既防止了水质污染，也避免了经销商压价，大幅提升了渔民收入。

"我养殖扇贝，一年毛收入250万元，比以往增加5成左右。"渔民王惠安高兴地说。如今，渔民富了，村里也变了大模样，有了现代的群众活动中心、时尚的音乐喷泉广场，成为"中国美丽休闲乡村"。

靠山吃山，靠海吃海。山东海洋渔业不断创新，发展出了新模式。2020年7月，全国首座大型智能化海洋牧场综合体平台"耕海1号"正式投运。该平台配备自动投喂、环境监测、船舶防碰撞等系统及无人船、水下巡检机器人等全球领先技术设备，可实现生产全过程智能化控制。"烟台人耕海牧渔，迈出了新步伐。"烟台市海洋发展和渔业局局长李传强说。

"玩"着就能赚钱，海洋一二三产业融合发展越来越成为渔民致富新路径。从单纯养鱼延伸到放鱼、钓鱼、赏鱼、品鱼、识鱼、加工鱼、售卖鱼一条龙，"一条鱼"产生了"多条鱼"的价值。

在荣成市，有一个名叫"青鱼滩"的地方，此前因严重过度捕捞，鱼虾资源几近枯竭。近年来，依托寻山集团，青鱼滩探索"村企合一""集团化乡村振兴"模式，已发展成海珍品苗种繁育基地、海上生态养殖基地、海产品精深加工基地、生态休闲旅游基地。不少游客在这里捕捞海产品，还有的在海上餐饮、住宿。

青鱼滩社区居民刘海燕说："村里过节有福利，老人有养老金，

工人在山东省长岛综合试验区北长山乡北城村合作社办的海鲜加工企业内对扇贝进行加工、包装（2020年8月10日）。（新华社记者 王凯 摄）

谁家有困难还有补助金。"据寻山集团党委委员、办公室主任孙保通介绍，2019年仅社区居民福利发放、养老等方面的投入就超过1800万元。

科技赋能正推动海洋经济挺进新蓝海。其中"蓝色药库"引人注目：用海藻提取物研制的药物，为治疗阿尔兹海默症开辟了新路径；用螃蟹壳提取物制作的血管支架，更加安全可靠。

"我回乡创业，就是准备大干一场。"站在海边，3年多前回到家乡长岛创业，如今开办渔家乐已拥有20多名员工的李解，对未来，满怀憧憬。

（新华社济南2020年8月15日电　新华社记者袁军宝、邵琨）

千年之渴今朝解

——贵州贫困群众实现"吃水不愁"

水在山下流，人在山上愁。翻山越岭挑水背水，曾是一代代贵州人抹不去的深刻记忆。

石漠化面积占全国石漠化总面积的近四分之一、形如一个巨大漏斗的贵州，天上下雨地下漏，尽管降雨丰沛、河网密布，但雨多库少、丰水又缺水。千百年来，贵州人纠结于水、受困于水。

一滴汗珠一滴水，一碗泥巴一碗饭。近十年间，以水布局、逐水而战，不屈的贵州人向水而行，把水脉、兴水利、除水害，2000多万名农村群众实现"饮水不愁"，一个个水袋子成了米袋子、钱袋子。

千年水梦，不再遥远。

困于水，逐于水，战于水

住在麻山深处的紫云县贫困户吴管付，家里过去的生活必需品——扁担，如今成了"纪念品"。

抖落灰尘，经年磨损后的扁担，亮而滑。"原来天没亮就要去挑水，最远要走七八公里。"说起挑水，陡峭难行的山路，四五十斤的

贵州省安顺市鲍家屯周围的稻田和水利工程（2020年8月25日摄，无人机照片）。（新华社记者 刘续 摄）

水桶，摔倒后又返回挑水的画面，似乎又在吴管付的眼前重现。

麻山，山乱如麻，水愁也如麻，"土如珍珠水如油"。和吴管付一样，生活在麻山地区的人们，过去遇有红白喜事，两支队伍必须配齐：砍柴队和挑水队；山里娃放学后的"家庭作业"也主要有两样：放羊、挑水。

过不了水这一关，贵州人就走不出十万大山。近十年时间里，水利建设攻坚会战、小康水行动计划等一系列"战役"，干部群众奔走于大山、河流间，找水源、建水库、铺水管，贵州吃水难的历史正在改变。

"还是自来水方便哟，我们不再挑水，也不再吃'望天水'过日子了。"吴管付打开门前的水龙头，清爽地洗了一把脸。

傍晚，阳光翻过山顶，照着吴管付家的两层小楼。楼上，他为在城里上班、马上要结婚的儿子准备好了婚房。饮水机、太阳能热水器，城里家庭有的，他也给儿子尽量配齐。"我现在就等着哄孙子了。"吴管付眼里满是憧憬。

在麻山采访期间，记者收到毕节市威宁彝族回族苗族自治县一位驻村干部发来的照片，照片拍摄于2019年7月。只见一个小女孩站在自家牲口圈舍边，手拿一根油管，大口吮吸着从房顶上引下来的"望天水"。

拍摄这张照片的干部当时很揪心，看到这张照片，记者也很揪心。

于是，从麻山到乌蒙山，驱车约500公里，记者赶到这个名叫营寨村的小山村。远远望去，山隔水，水环山，滔滔牛栏江从村子脚下流过。但山有多高、水有多远，住在高山上的人，只能每天眼巴巴望着水却吃不到水。

贵州省紫云苗族布依族自治县大营镇大营村不少民居楼顶都用于存蓄雨水（2020年8月25日摄，无人机照片）。（新华社记者 刘续 摄）

女孩名叫张丽春，今年7岁。她所住的寨子，处在村子的最高处，背靠大山，过去叫长梁子，全寨大多是苗族。

穿行在寨子里，家家户户的房檐上缠绕着水槽，水槽连接着水管，水管伸进水窖。一到下雨天，村民就把"望天水"接到水窖里吃。2020年，村民都吃上了自来水。

走进张丽春家，房顶上的水已干涸，过去孩子吸水用的油管也被收了起来。妈妈王才珍忆起为水发愁的日子：半夜挑过水、爬山背过水、花钱买过水，过去每天最心焦的就是水。

"我们家现在吃上自来水了。"打开水龙头，张丽春笑盈盈地洗手，水花溅在小手上，她觉得那和山上的花一样好看。

水袋子，米袋子，钱袋子

"山高坡陡石头多，田少土多地皮薄；虽有河流纵穿过，山高水低够不着；风调雨顺勉强过，遇到灾害困难多。"这是贵州人曾经的真实生活写照。

走进石漠化严重的长顺县，一眼望去，满山碧绿。过去这里的人们最头疼的就是水。2010年遭遇百年不遇的大旱时，本该山花烂漫的春天，却干旱成了满山枯黄的秋色。一群群蜜蜂匍匐在岩缝旁吸水，人们赶也赶不走。那一年的大旱，让很多经历者终生难忘。

长顺县代化镇是贵州20个极贫乡镇之一，2014年之前，这里没有产业。"现在，水库建起来了，自来水入户了，5万头猪、60万斤鱼、8万羽鸡，代化成了贵阳市的菜园子。"镇长王富强笑言，老代化走向了"现代化"。

水对农业具有"一票否决权"，与水打了一辈子交道的长顺县水务局局长梁晓成对此体会深刻。

长顺山大谷深，河流深切，建水库难，送水也难。"没有水，就不要谈什么产业。"梁晓成下定决心，再难也要干。由于供水距离长、扬程高，难以保证管压和末端水压，长顺县便依山就势、多建调水池，就像串珠子一样，一步步把水送到田间地头。

坚硬如石头一样的贫穷，被水滋润出了绿色。

威宁县是贵州海拔最高、人口最多的县，境内虽大小河流纵横交错，但主要分布在县境四周边缘的低洼地带。每年降雨主要集中在6月至9月，"江河看得着够不着，降雨时空分布不均，要么干死，要么涝死。"县水务局副局长沈光全道出了威宁的无奈。

村民在贵州省长顺县代化镇代化社区打傍蔬菜基地内工作（2020年8月2日摄）。（新华社记者 刘续 摄）

攀悬崖、穿溶洞、安设备、修水池、架水管，威宁县用一级或多级提灌，"连拉带拽"硬生生把河水提到山上。沈光全回忆，最难的是四级提水，扬程达800多米。2020年春节刚过，大家每天量过体温、戴着口罩，在山里、村里、地里忙碌。

近一年时间，威宁县水利投入8.2亿元，仅铺设水管就达到5000公里，相当于威宁到北京一个来回的距离。2020年尽管干旱持续数月，群众饮水受影响不大。

水上山，菜下山。威宁县建成40万亩高山冷凉蔬菜，还配套建设了大型蔬菜批发市场，供应粤港澳大湾区、东南亚等地，带动近20万名贫困群众增收。

蓝天下，威宁县草海镇中海社区万亩蔬菜基地里，千余名村民

村民在贵州省威宁彝族回族苗族自治县草海镇中海社区蔬菜基地里忙碌（2020年8月6日摄）。（新华社记者 刘续 摄）

正在田间劳作。过去，这里多种土豆，如今，一畦又一畦的蔬菜望不到边。每亩有水淋喷头100多个，每个间隔6米，需要用水时，打开开关，整个基地就能"洗淋浴"。

种菜、锄草、收菜，贫困户张燕芬自打来到基地就忙个不停。"计件工资每天有100多元，这里离家近，收入也稳定。"高中毕业、爱笑的张燕芬盘算着，多挣钱供3个儿子上学，这样他们长大后就能走出大山。

大水网，大生态，新未来

千百年来，流传于贵州少数民族中的神话故事，很多与水有关，他们与洪水斗争，他们对水充满敬畏。

鱼嘴分流、自流灌溉，旱能灌、涝能排，建于明代的安顺市鲍家屯水利工程，有"黔中小都江堰"之称。600年风风雨雨，600年水旱无忧，至今她仍滋润着千亩农田、滋润着数千村民。

"水稻打黄头了，今年又是一个丰年。"鲍家屯党支部原村支书、78岁的鲍中权长期研究祖先给他们留下的这一宝贝。在他看来，这是贵州解决工程性缺水最早的一次成功尝试。

继承前人智慧与经验，贵州沿着水脉，兴水利、除水害，让水造福于民。

望谟县毗邻广西，群众中曾流传这样一段民谣："眼望红水河，有水喝不着；女儿往外嫁，男儿娶不着。"

水不仅喝不着，洪水一来，群众生命财产安全还受到威胁。2011年6月6日，望谟县发生特大洪涝灾害，造成多人死伤。那场肆虐县城的洪灾，至今干部群众仍心有余悸。

变水殇为水利。在上级支持下，望谟县投入20余亿元，上游修拦渣坝、中游建调蓄水库、下游建防洪堤，堤库结合，可防50年一遇洪水。"根治水患，坚决防止因灾返贫致贫。"望谟县委书记李建勋很有信心。

水生态好，脱贫与发展根基才牢。扬长补短，贵州正在编织一张"大水网"：建立从省到村的五级河长制，运用大数据等构建智慧水利监测监管系统，实现从保障粮食安全向经济安全再向生态安全的重大转变……

"贵州是长江、珠江的重要生态屏障，这块阵地守不好，直接威胁两江地区的可持续发展。"贵州省水利厅厅长樊新中说，近十年间，贵州水利投入超过2800亿元，不仅黔中水利枢纽工程建成通水，400多座骨干水源工程也陆续开工建设。水利工程年供水能力达到123.7亿立方米，总计灌溉面积达到2400余万亩，防汛抗旱、水土保持、江河治理等工作全面推进。

地处长江上游的赫章县海雀村，曾因毁林开荒，土地沙化、山秃水枯，是"苦甲天下"的极贫村。种了树、通了水、修了路，"生活从'糠箩箩'跳到了'米箩箩'。"村民罗招文这样形容现在的生活。

沿着新修的柏油路，记者来到海雀村看到，蓝天白云下，一棵棵松树顺着山势蜿蜒而上，小鸟在林间飞舞着、鸣叫着。一条条水泥路爬坡上坎，将一栋栋灰瓦白墙的小楼连成一体。楼房不远处是食用菌种植大棚，一个接一个次第排开。

"村里变化最大的是基础设施，水电路讯全部通、全覆盖，还要新修一个幼儿园，日子越过越有滋味。"村支书文正友黝黑的脸庞写满自信。

（新华社贵阳2020年9月29日电 新华社记者王新明、李凡、姚均芳、华洪立）

六

打通产业路，
点亮脱贫新希望

触摸幸福

弱鸟先飞今翱翔
——闽东宁德振兴启示录

一季度率先转正，上半年增速3.9%……2020年以来，闽东宁德经济发展呈现出"稳中有进、领跑全省"的良好态势。

对于宁德来说，这样的成绩来之不易。从摆脱贫困到走向小康，从饱经失落到放飞梦想，闽东之变凝结着广大干部群众的智慧心血和不懈努力，充分印证了"弱鸟先飞、后发先至"的发展辩证法，有力见证了"滴水穿石、久久为功"的奋斗力量。

从摆脱贫困到富美小康

满山青翠，四处茶香。39岁的王明秀正在为即将上市的秋茶做准备。返回老家宁德寿宁县下党乡6年来，王明秀牵头打造的"下乡的味道"农业品牌已经远近闻名。

说起这些年的变化，王明秀说了一句话："返乡人多了，年轻人多了，外来人多了。"

时针拨回到20世纪80年代，那时的下党是福建全省唯一的"五无"乡镇：无公路、无自来水、无照明电、无财政收入、无政府办公场所。因为交通不便，乡亲们甚至不敢把猪养得太肥，怕运不出去。

如今，下党实现了历史性蜕变，成为整个宁德脱贫致富奔小康的生动写照。

长期以来，"老、少、边、岛、穷"的"穷"字是宁德的基本市情之一：9个县市区中有6个是贫困县，有50多个乡镇被划为省贫困乡镇，200多万人口中有70多万被划为贫困人口。摆脱贫困，曾是闽东人民最迫切的渴望。

太姥山下、九鲤溪畔，徽派风格的村庄屋舍俨然，村道两旁特产馆、饭店和茶行林立。2019年，赤溪这个畲家村庄接待游客27万人次，旅游总收入2000多万元。

赤溪村更早"出名"是在36年前：当地"家家茅草房、顿顿野菜糠"的情景经媒体披露后，引起全国关注。而在当时，赤溪并非孤例，闽东畲族群众近20万人，大多散落在偏僻的山区，生活条件艰苦。

走进宁德市扶贫开发主题展示馆，一组组新旧照片对比引人深思：曾经困顿山中的畲族群众搬进了山下的新家，曾经风雨飘摇的连家船民上岸定居……从一村一寨的新生到一家一户的笑脸，闽东大地上处处是"天堑变通途、旧貌换新颜"的变化。

坐在自家"海景房"明亮的客厅里，53岁的连家船民江成财自豪地向来客展示两个孙女跳芭蕾舞的视频。而在30年前，这一幕他连想都不敢想。

在闽东，连家船民是一类特殊的困难群体。他们世代以船为家、捕鱼为业，常见祖孙三代挤在宽不足两米的船上，很多人因长年的逼仄生活双腿站立不直，被取笑为"曲蹄"。

20世纪90年代后期开始，福建持续开展连家船民搬迁上岸工程，至2014年初，宁德市2.5万连家船民全部上岸定居。江成财说："上岸后，第一次住进灯火通明的房子里，我们都高兴得睡不着觉。"

夏夜，在宁静的三都澳白基湾海域，大黄鱼养殖户尤维德的渔排上一阵喧哗。工人们起网捞鱼，迅速加冰保鲜，随后装船上岸。凌晨两三点，这些占全国总产量八成的宁德大黄鱼就出现在福州的海鲜市场了。

图为2016年5月8日拍摄的福建宁德福鼎市磻溪镇桑园水库附近的暮色（无人机照片）。（新华社记者 姜克红 摄）

闽东"八山一水一分田"，闽东的穷，首先穷在山高路远。尤维德清晰地记得，1998年春节前几天，运大黄鱼的货车到了飞鸾岭，在盘山公路堵了五六天，等运到福州，买家都回老家过年了。

2003年，福宁高速开通；2009年，温福铁路开通；2020年9月，宁德至浙江衢州的衢宁铁路开通运营……交通基础设施的提升，为闽东实现全面小康打开了崭新的空间。

图为2019年3月7日拍摄的宁德福安市溪邳村连家船民上岸新居（无人机照片）。20世纪90年代后期开始，福建持续开展连家船民搬迁上岸工程，至2014年初，宁德市2.5万连家船民全部上岸定居。（新华社记者 姜克红 摄）

从产业薄弱到"金娃娃"聚集

改革开放以来，受制于海防前线位置和交通瓶颈，宁德历史欠账多、发展底子薄，产业结构以农业和小散工业为主，经济体量长期位居全省末尾，闽东因此被称为东南黄金沿海的"断裂带"。

地处长三角和珠三角两大经济圈之间，宁德本身具备"北上南下、西进东出"的独特区位。同时海岸线长1000多公里，坐拥"世界不多、中国仅有"的天然良港三都澳，向外拓展、向海发展一直是闽东人的梦想。

2020年7月15日，在福建省宁德市三都澳大黄鱼深水塑胶渔排养殖区，养殖户尤维德给大黄鱼喂食。（新华社记者 姜克红 摄）

进入21世纪以来，随着交通改善和产业布局优化，兼具地缘优势和后发优势的"宁德机遇"备受青睐。闽东遵循多上几个大项目、多抱几个"金娃娃"的要求乘势而上，步入了"工业大发展、发展大工业"的黄金时期。

今天的闽东大地，宁德时代、上汽、青拓、中铜等一批具有国际竞争力的"金娃娃"项目相继落地，全市形成了锂电新能源、新能源汽车、不锈钢新材料和铜材料四大主导产业集群，不仅较快实现了"弯道超车"，更为辉煌的"万亿工业时代"也不再遥远。

宁德市市委书记郭锡文说，通过推动全链条延伸、全闭环发展、全域化布局，宁德四大主导产业的"朋友圈"越来越广、越联越紧，已经形成高效循环、高度融合的生态系统。

在沿海霞浦，时代一汽动力电池项目建设正酣，有望试生产；在山区柘荣，不锈钢新材料产业拓展区初具规模，已确定入驻企业30多家……产业"聚"变中，闽东全域布局、山海联动的新发展格局正在形成。

有了体量，更要质量。占一个山区县纳税贡献四成的石板材行业全部关停、占全省76%的地条钢产量全部出清……近年来，宁德实施了一系列"壮士断腕""腾笼换鸟"的举措，彰显了后发地区高质量发展超越的定力与决心。

2020年8月5日，宁德时代与梅赛德斯—奔驰签约，成为后者在电池技术领域的头部供应商。一个月前，总投资33亿元的宁德时代21C创新实验室奠基。身为行业"独角兽"，宁德时代更加注重科研创新和抢占高端市场。

青拓集团是全球最大的不锈钢和镍生产企业。2020年5月，青拓成功批量生产出笔尖钢。公司董事长姜海洪说，从做锅碗瓢盆到生产笔尖，这是一家企业制造实力质的飞跃，也是一个地区发展水平的更新换代。

厚积薄发，奋力超越。宁德正把发展目光投向更远的未来：依托现有产业基础，积极谋划储能电池、太阳能发电、新材料等战略性新兴产业，打造更具影响力的产业新地标。

从"底气不足"到干劲十足

86岁的姚淑先至今还保持着每天进实验室的习惯，逢人总爱说："我吃了一辈子银耳，身体好得很，还干得动。"

姚淑先是土生土长的宁德古田人，从青年时委身破庙穷10年之功研制出银耳高产栽培技术，到古稀之年卖掉房产、股票二次科研创业，姚淑先始终有一个信念：认定了的事情就要坚持下去，只要努力就一定能出头。

正是因为众多像姚淑先这样的"土专家""田秀才"不懈奋斗、无私奉献，古田食用菌产业从无到有、从小到大一路发展至今，形成了百亿规模、20多万人从业的大产业。古田县也从当年一穷二白的落后山区县，实现了农民人均收入连续11年位列全市县市区首位的"逆袭"。

弱鸟先飞，首先要有飞的志向；滴水穿石，贵在久久为功的坚持。闽东振兴之路，不管是摆脱贫困的探索实践，还是跨越发展的奋勇争先，都离不开人的因素、奋斗的力量。

"人穷志不能穷，扶贫要先扶志。"30多年跟踪赤溪发展的宁德市退休干部王绍据说，赤溪扶贫经历了给钱给物"输血"到整村搬迁"换血"再到自谋发展"造血"的过程，拔掉"穷根"的关键，就是贫困群众树立起了信心和斗志，不再"等、靠、要"，不再"见人矮三分"。

随着白茶产业的勃兴，福鼎市太姥山镇方家山村的村民李照铁一年卖茶收入超过200万元，从一个娶妻难的贫困户变成了致富带头人。他说，现在越来越多老乡返乡做茶，他们天天喝茶、推销茶、讲茶文化，不仅生活富了，精神也充实了。

2019年9月，宁德上汽基地正式投产，从一片荒滩上崛起了一座福建最大、全国领先的现代化汽车城。而从进场到竣工14个月的建设时间，比一般周期缩短了半年以上，创造了让投资方赞叹不已的"宁德速度"。这背后，是建设者们"大干晴天，抢干阴天，巧干雨天，干好每一天"的辛勤付出。

一位宁德的干部说，以前到省里开会，都是坐后排，发言离不开讲困难、要扶持，现在不仅位置前移了，更多时候是讲经验、讲方法，从"底气不足"到干劲十足，大家的精气神完全不一样了。

（新华社福州2020年8月12日电　新华社记者邹声文、涂洪长、张逸之）

科技点亮美好生活

——安徽科技创新集聚小康"新"动能

科技是国之利器，国家赖之以强，企业赖之以赢，人民生活赖之以好。近年来，安徽省坚持把推进科技创新作为引领发展的第一动力，下好创新先手棋，培育发展新动能。

请随记者一同走进长三角新成员安徽省，一起来感受科技改变生

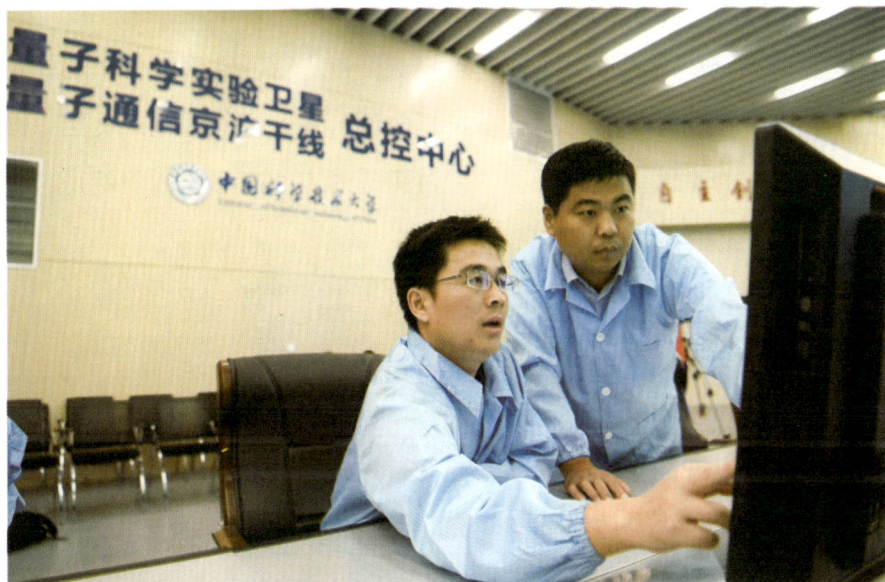

科研人员在中国科学技术大学先进技术研究院量子通信"京沪干线"总控中心工作（2017年9月29日摄）。（新华社记者 刘军喜 摄）

活的魅力，一起来聆听安徽迈向小康的"科技创新脚步声"。

科技"立地" 点亮小康"新"魅力

为乡村医生配上机器人"医助"、让人工智能去"听音查漏"、送孩子读所"智慧学校"、给自己喜欢的图书"定个位"、在智能菜场买把可即时检测农残的蔬菜……在创新之潮涌动的安徽，一个个科技感十足的生活"新姿势"触手可及。

"这帮我减轻了80%的工作压力。"安徽省金寨县花石乡大湾村袁玲医生这样点赞人工智能"智医助理"新技术。2017年8月，由科大讯飞、清华大学共同研发的辅诊机器人"智医助理"以优异成绩通过国家临床执业医师资格考试综合笔试评测。如今，这位"医生"已经走进安徽大山深处，每天自动监测贫困户的健康。

以前，袁玲需要走山路对30多户贫困户进行慢性病随访；现在，这位人工智能"医生"定期自动拨打电话、发送短信、记录贫困户慢性病数据并为袁医生提出预警。"村民石尚卫的高血压危象就是这位新'医生'发出预警的。"袁玲说。

到2020年8月，辅诊机器人在花石乡"上岗"仅一年，就参与了1.5万条病例的诊断，病例规范率达97.8%。

"最近的体能有进步！"10岁的韩金博抱着心爱的篮球，骄傲地举起了佩戴着智能手环的右手。在安徽省合肥市郎溪路小学，体育老师就是通过这枚小小的手环来掌握学生们的体征数据，动态调整体育教学方案。

智能手环综合管理系统、机器人"创客"教室、数字阅读器、电子书法课堂……2018年以来，这所投入2000万元建设、多数学生是随迁子女的"智慧学校"，让孩子们每天都在感受"智慧教育"的科技魅力。

与此同时，62岁的合肥市民王江荣在感受"智慧选书"的快乐。她点开一款名为"智慧生活圈"的微信小程序，输入书名，全市拥有此书的阅读场所显示出来，且按照距离远近自动排列。

当枯燥的海量数据被新科技整合和利用，带给人们的是一种从未有过的便捷和舒适。依托大数据技术，合肥市大数据平台已接入各类数据100多亿条，共享数据服务民生。"智慧选书"便是其中一个小功能。

万家灯火，车流渐停。即便是城市已熟睡，科技改变生活的脚步也没有停歇。"滴……滴……"凌晨，在清华大学合肥公共安全研究院的监控室里，电脑仍在发出规律的蜂鸣声。

这个研究院研发的"城市生命线工程"系统应用在合肥市的51座桥梁、2000多公里地下管线上，8万多套传感设备每天实时采集500多亿条数据进行分析。系统自2016年1月运行以来，实现月均有效报警90多起，成功预警突发险情6000多起。

科技"立企" 筑基小康"新"推力

经济发展了，迈向小康的步伐才会稳健坚实。

"在受疫情影响经济总体低迷的情况下，华米今年一季度营收同比增长36%。"华米科技联合创始人、副总裁章小军说。"今年1到7月，联宝科技营收达成496亿元，同比增长40%，实现逆势上扬。"联

工人在位于安徽合肥的联宝（合肥）电子科技有限公司生产车间内忙碌（2020年9月4日摄）。（新华社记者 曹力 摄）

宝（合肥）电子科技有限公司公共事务部负责人钱莉说。疫情期间，安徽的科技创新型企业接连交出不一样的"成绩单"。

科技创新会怎样让百姓钱包鼓起来，科技企业基层员工的感受非常实在。"6年前，公司在创业初期，我和家人的生活只能说是保证温饱。随着公司业绩增长，我的收入也在增长。现在又多了一个孩子，孩子的教育、老人的养老都不成问题。我们还计划每年家庭出游一到两次，这在6年前是不敢想象的。"华米老员工顾志强说。

过去10年，合肥成为我国发展较快的省会城市。其经济总量从2009年的全国城市第41位、省会城市第15位跃升至2019年的全国城市第21位、省会城市第9位。

合肥靠什么"逆袭"？"十三五"以来，合肥平均每天诞生1户高新技术企业，总数位居省会城市第8位；战略性新兴产业产值对规上工业增加值贡献率达89%；合肥和北京、上海、深圳一起，位列全国4大综合性国家科学中心之一；悟空探秘、墨子传信、热核聚变、铁基超导等一批具有国际领先水平的科技成果相继问世。

合肥一批科技产业集群表现亮眼，部分产业出现"领跑"苗头。2020年上半年，德国大众21亿欧元入资位于合肥的江淮汽车和国轩高科两家企业，加上之前蔚来汽车中国总部落户合肥，合肥的新能源汽车产业开始集聚业内关注；在新型显示领域，京东方研制成功全球最大尺寸超高清氧化物显示屏产品；在人工智能领域，华米科技全球智能可穿戴领域第二代人工智能芯片"黄山2号"发布……

目前，合肥全市战略性新兴产业在建重点项目超400个，总投资超5000亿元，涉及新型显示、集成电路、人工智能等方面的一批百亿级项目正在顺利推进。

2016年到2019年，合肥市的民生"大钱袋子"增加250多亿元，其民生支出从706亿元增加到961亿元。

科技"立意" 积蓄小康"新"潜力

"在科技创新公司工作，我的生活也变得更加有科技含量。父亲心脏不好，我就给他戴了健康手环实时监测。"顾志强说。当科技创新的意识开始深入人心，这个地方的发展潜力也在悄然集聚。

窗帘在晨光中自动拉开，冰箱自动配送新鲜果蔬，洗衣机和智能衣架联动自动洗衣晒衣，厨艺机器人做好精致早餐，主人出门后房屋自动进入安防模式，智能洗碗机、扫地机器人开始工作……

　　这不是想象中的未来清晨生活。安徽是全国重要的家电制造基地，把各家企业展示的最新智能家电"组合"，现在就可以享受科技智居生活。这些目前还稍显"小众"的智能家电，最终将进入更多寻常百姓家，创造更加美好的生活。

　　安徽科技创新未来可期。在量子、核聚变等源头端重大科技成果不断涌现的同时，尖端产业创新成果也在加速落地——自主研发的动态随机存取存储芯片实现量产，世界最薄电子触控玻璃成功下线，世界首台光量子计算机诞生，智能可穿戴设备出货量世界第一……

　　"希望以后能用上更多智能产品，学到更多感兴趣的知识，篮球打得更好！"这是10岁的城郊孩子韩金博对未来的期待。

　　袁玲说，她相信未来走入大山的新科技会越来越多、越来越便

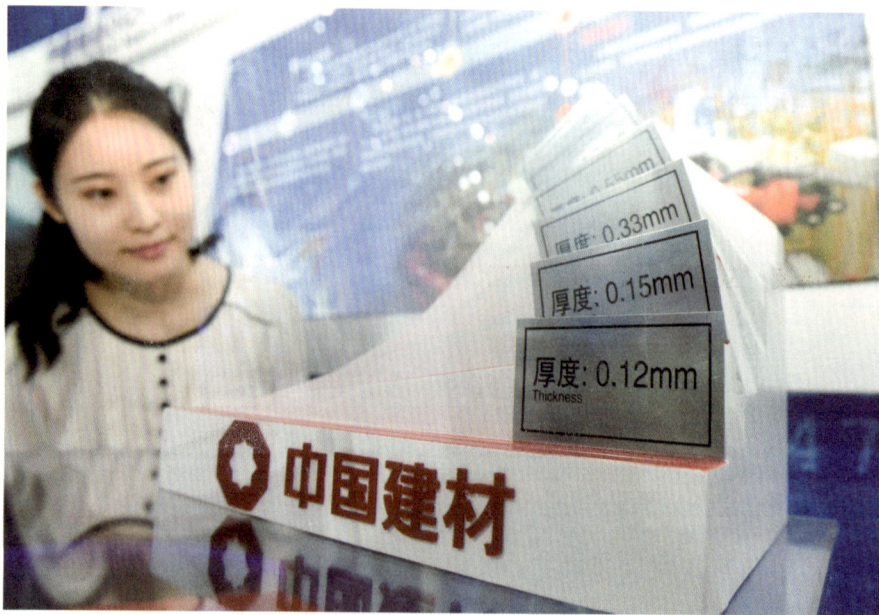

观众在2018世界制造业大会上观看蚌埠玻璃工业设计研究院展出的柔性触控玻璃（2018年5月25日摄）。（新华社记者 张端 摄）

2020年9月3日，安徽省首条自动驾驶汽车5G示范线在合肥市包河区开通。图为自动驾驶车辆在5G示范线上行驶。（新华社记者 刘军喜 摄）

捷，山里的老百姓会更加健康。

"我认为生活生产越来越'科技'是未来唯一的方向，现在连汽车都可以无人驾驶了！"联宝科技职工宛俊龙坚信未来科技的力量。

在安徽创新馆，一幅卫星图像显示，安徽省合肥、滁州、马鞍山等地的光亮面积正逐渐增大，边缘向外扩展，渐渐与长三角融成一片。"创新改变生活，科技点亮小康。未来，安徽的民生幸福指数会更高。"望着这幅图，馆长陈林充满希望地说。

（新华社合肥2020年9月17日电　新华社记者代群、朱青、蒋彤、杭泽波）

长城脚下，小康村串成"珍珠链"

长城像一条巨龙，在崇山峻岭之巅蜿蜒。长城脚下的河北许多村庄，曾经偏居一隅，山多地少，深陷贫困。如今，一个个小康村沿着长城串成"珍珠链"。

这里奋斗的百姓，珍视祖先留下的宝贵遗产，发展旅游、农家院、特色种植，日子一天比一天红火；守护长城、挖掘长城文化，知名度一天天提升；传承长城精神，变不可能为可能，山乡面貌整体改观，呈现出巨幅乐业图景。

背靠长城：吃"资源饭"

地处秦皇岛市海港区驻操营镇的董家口村紧邻长城，这里保存着的三座古城堡，以长城边墙雕花图案形式多样而著称。

临近中午，烤全羊的香味刺激着游客味蕾。这个只有460多人的小山村每年能卖出烤全羊6万多只，人均年收入上万元。一些村民还开着皮卡提供上门服务，将烤全羊卖到唐山、锦州、葫芦岛等地。

村里第一批开农家乐的"80后"孙丽立说，村里人均1亩多坡旱地，过去靠天吃饭。小时候交学杂费爹娘都犯愁。前些年，进村旅游路打通了，原生态长城吸引游客慕名而来。她当起了导游，有人让帮忙找个干净的农家乐，有心的她记在心上。

"咱这儿的村民不管男女老少，大多有股子不怕苦的劲儿。"孙丽立说，烤羊方法是自己摸索的，烤箱是找铁匠设计打造的。就这样从无到有，村里开办了近30家农家乐。

初秋时节，义院口长城脚下的房庄村溪水潺潺，游客们漂流嬉戏。这个人均年收入2万元的村庄，10多年前却是河滩脏乱、道路坑洼的穷村，人均年收入不足千元。"过去青壮年都外出打工谋生，剩下老弱病残守着薄田种点玉米，日子过得实在不像样。"秦皇岛市海港区房庄村党支部书记房文平说。

2012年，在外做苗木生意的房文平回村任职，着手发展旅游业，建起山地漂流、采摘园、冬季滑雪等项目，年收入已达1500多万元。

游客在河北省秦皇岛市海港区房庄村的旅游景区内体验漂流（2020年8月20日摄，无人机照片）。（新华社记者 牟宇 摄）

村里还成立合作社，利用闲置房屋打造民宿，统一分配和换洗被褥、洗漱用品，对外销售村民的水果、山野菜。从20岁小伙到70岁老人，只要有劳动能力都吃上了"旅游饭"。

在迁安市白羊峪村，天南海北的人们游览古长城，品尝农家饭，体验田园风光。节假日繁忙时，顾客提前预订才能就餐。

白羊峪是明长城重要关口。日军在长城沿线制造"千里无人区"，白羊峪村房屋曾8次被烧。40多年前一场大水灾，村里近半耕地被毁，村民连续10年依赖国家返销粮维持生活。

当年生活苦，今天日子甜。白羊峪村党支部书记龚洁民说，村里修路、治河，经批准修缮文物观音阁，重建明代长城"守备署"，引入专业力量规范管理。如今，全村七成以上的村民吃上旅游饭，过上了小康生活。

珍视历史：吃"文化饭"

长城沿线山坡上，遍地长着柞椤树，树叶宽大柔软、清香无毒。据史料记载，古代守城士兵就地取材发明了柞椤叶饼：高粱米磨成面糊在柞椤叶上，包上馅蒸熟，既方便又美味。当地逢节"逛城楼"、吃柞椤叶饼的习俗，一直沿袭至今。

这一传统小吃，如今被秦皇岛市海港区浅水营南村杨桂云发扬光大。作为下岗女工，她经历了创业赔本、欠下巨额债务等挫折。小时候常吃的柞椤叶饼，给她带来创业灵感，但在推销时却处处碰壁，一度绝望得想跳海。

"在采柞椤叶时，我想到先辈们修筑长城历经千辛万苦，我这点

河北省秦皇岛市海港区浅水营南村村民杨桂云（左）在采集柞椤叶（2020年8月20日摄）。（新华社记者 杨世尧 摄）

挫折又算什么？"她不断改进工艺，走高端路线，打造出特色名吃。2019年，杨桂云的企业销售额达2100万元，带动了上百人就业。

长城文化，正成为不少长城沿线村庄发展创业的宝贵资源。秦皇岛市海港区板厂峪村许国华曾是一个"煤老板"，20年前他关掉煤矿，当起了长城保护员，却意外在长城脚下发现了石雷、石炮和沉睡数百年的长城窑址群。

在长城脚下长大、对长城有特殊感情的许国华投资建设板厂峪长城景区，并自费建起一座展馆，收集来自民间的长城防御兵器、火铳、长城文字砖、记事碑等1300多件文物，交由文物部门指导和管理。

板厂峪长城景区带火了村里的农家院生意和土特产销售，不少村民在景区打工，告别了土里刨食的苦日子。

许国华定期巡护长城，还录制讲述长城文化和故事的视频，目前在微信公众号已发布了100多期。儿子许建峰子承父业，梳理多年积累的长城文字、图片资料，也当起了"长城宣传员"。

"过去，老百姓拆长城砖垒猪圈是常事。现在，村民都当起义务保护员。"秦皇岛角山长城脚下的北营子村党支部书记李成锁说。

角山长城，地处平原到山区的过渡地带，古时战争频发。如今，通过发展旅游，挖掘满族文化，日子一天比一天好。当地正在筹划实施的长城社区参与工程，将让北营子村百姓有更多参与感、获得感。

秦皇岛市委常委、宣传部部长陈玉国说，长城是中华民族的文化象征，无数中外人士喜爱长城、向往长城。只有保护好长城，长城才

河北省秦皇岛市海港区驻操营镇的长城保护员张鹤珊在长城上巡视（2020年8月20日摄）。（新华社记者 牟宇 摄）

能更好地"反哺"一方百姓。

传承精神：吃"长远饭"

徐流口处在迁安市长城山野绿道东部起点上。这里曾是"有女不嫁徐流口，穷富不说路难走"的穷村。"过去，晴天人骑车，雨天车骑人，光棍汉多达七八十个。"徐流口村党支部书记李春杰说。

如今，在村党支部的带领下，凭借着远近闻名的豆片制作技术、长城旅游资源、温泉罗非鱼养殖，徐流口村已变得村美人富。

群众富不富，关键看支部。基层组织带领村民绿化荒山、长远发展的故事，在长城脚下俯拾皆是。

"娃娃峪，坡连坡，山多地少光棍多。"这是40多年前，秦皇岛市海港区娃娃峪村的真实写照。如今，娃娃峪已改名龙泉庄，村民家家户户住联排别墅，多数家庭拥有小轿车。

面对着几千亩荒山，村党支部书记温守文带领全村走出了一条"绿色振兴"之路。没有水浇地，村干部带领村民修渠造田，一个冬天开挖淤泥10万立方米，新增耕地120亩；没有进山道路，就组织村民修路，一天干10多个小时，渴了喝溪水、饿了啃馒头，几年修路43条；发展产业缺水，硬是在石头地里打了9眼大口井……

看准板栗产业后，温守文等村干部带头承包荒山种植，一时间漫山遍野都是造林植树人。如今，一棵棵板栗树已成为村民的"摇钱树"：全村人均500棵板栗树，仅此一项人均年收入超2万元。

大道岭是九门口长城脚下的小山村，村民不足200人，曾经是远近闻名的"穷村"，没人愿意当村干部。20年前，乡镇干部动员这个村在外做生意的王平忠回村。

回到"一穷二白"的村里，王平忠顺利当选村党支部书记，他个人掏钱37万元，带领群众治山、治水、治穷。如今，村里靠合作社引领，村民入股，搞特色种植和旅游业，人均年收入3万元，村集体资产达80多万元。

秦皇岛市海港区委书记樊海涛说，近年来，海港区投资7亿多元打造全长175公里的长城旅游公路，串起了沿线40多个村庄，同时对长城脚下的河流进行生态蓄水和综合治理，实现了"一条路带富一方百姓，一座水坝带活一个村庄"。

"长城脚下的广大干部群众，都有一种坚韧不拔、刚勇有为的干劲。"走遍长城沿线村庄的东北大学秦皇岛分校教授吉羊说，长城精神一直在"生长"，人们正团结奋进、攻坚克难共筑新的长城。

（新华社石家庄2020年9月4日电　新华社记者王文化、张涛、郭雅茹、齐雷杰、李继伟）

三幅"图鉴"说变迁
——贵州"穿越时空"的脱贫印记

浩渺太空，卫星默默"凝视"着大地。中国西南山乡的沧桑巨变，都被尽收眼底。

千百年来，深山沟壑阻断了贵州与外界的联通，也让这里成为脱贫攻坚的主战场。党的十八大以来，贵州实现了从"全国贫困人口最多"到"减贫人数最多"的历史跨越。

赏景鉴图更知不易。交通图、城镇图、产业图……昔日场景再次呈现，变迁印记得以追溯，一个个扭转命运的故事也由此牵出。

崇山峻岭间改写"交通图"

趁着雨后放晴，25岁的苗族青年韦金水迅速组织乡亲们复工。

在兰海高速重遵扩容项目T12标段，有一群特殊的"工人"。37人全部来自贵州20个极贫乡镇之一的从江县加勉乡，大多是建档立卡贫困户，其中还有17对夫妻。

加勉乡污弄村，韦金水的老家，时隐时现于云涛雾海中。打开卫星地图，月亮山一道道绵延的山脉，将这个苗寨紧紧"囚锁"。

山里人对路十分渴望。几十年前，村民们自发修路，那时缺少炸材，大家就用火烧石头，然后用水淋一下，高温的石头就会裂开。

因为交通不便、生活贫困，韦金水读完初中就到广东学装修、贴瓷砖，但微薄的收入只能勉强为生。

脱贫攻坚决战，贵州省交通运输厅整体帮扶从江县。2017年，加勉乡通往外界的公路启动改扩建工程，项目需要就近招工，返乡的韦金水积极报名。

"开始是去项目部贴瓷砖、修门柱。"韦金水笑着说，干了15天就挣了6000元。

贵州省从江县加勉乡新修的通村公路和桥梁（2020年3月31日摄，无人机照片）。（新华社记者 杨文斌 摄）

拼版照片：上图为2020年3月31日，下地劳作归来的村民走在贵州省从江县加勉乡真由村新修的通村公路上（新华社记者 杨文斌 摄）；下图为2016年12月3日拍摄的从江县加勉乡真由村的通村道路（贵州桥梁集团供图）。（新华社发）

"不如你来拉个队伍，带着老乡们一起干。"项目部鼓励他。可一开始，韦金水只找到六七个人。"很多人不会，我就手把手教他们砌砖、放线、抹水泥浆。"

在这过程中，韦金水自己也学到了不少公路施工技术，包括操作挖掘机和装载机。

在政府鼓励下，韦金水牵头成立村级工程建设专业合作社，成了一名劳务队长，跟着他修路、学技术的农民越来越多，平均月工资4000多元。

"带村民找到出路，我也找到了梦想之路。"韦金水说，自己2019年报考了贵州交通职业技术学院道路桥梁工程技术专业，还在继续学习提高，他想带着这个班组修路修到全省各地、全国各地。

从江县交通运输局局长梁国本说，从江的每座山、每丘田，都很漂亮，交通改善了，将为全县经济社会发展尤其是旅游产业奠定坚实基础。

从最边缘到最前沿，路是一部历史，书写着曲折与辉煌。贵州最后一个通公路的县是从江，最后一个通公路的乡也在从江。过去从江到省城贵阳要2天时间，现在乘坐高铁只要一个半小时、走高速也只需4小时。

从江的变迁也是贵州交通大踏步前进的一个缩影。连绵的群山中，人们遇山凿洞、逢水搭桥，县县通高速、组组通硬化路，正在为曾经偏远的生活，创造出前所未有的坦途。

壮阔迁徙中勾勒"城镇图"

路，连着城镇。沿"二十四道拐"抗战公路往东北5公里，是晴隆县城。县城再往东约4公里，是三宝街道阿妹戚托小镇。

"阿妹戚托嘞，阿妹戚托嘞……"只要晚上不下雨，小镇的金门广场上就有一群盛装的"姑娘"，围着篝火"踏地为节、以足传情"。

她们跳的"阿妹戚托"，原本只属于大山，是三宝彝族乡姑娘出嫁时才跳的原生态舞蹈。

14岁开始学"阿妹戚托"的文安梅，从没想过能把舞跳出大山。如今，她已是晴隆县阿妹戚托艺术团团长。

"以前在土坡上自娱自乐，现在广场中给成百上千游客表演。"盛装的文安梅介绍，跳舞的100名群众演员，都是大山里搬迁出来的贫困户。

笑容写在脸上，幸福刻在心里。

文安梅的家乡三宝乡也是贵州20个极贫乡镇之一，还是全国罕见的易地扶贫整乡搬迁地。只有一条盘山路通往外界，三宝坐落山巅，深谷环绕。

如今，全乡1233户5853人全部走出大山，住进配套齐全的新家园。现在繁华的小镇广场，过去也是沼泽地，旁边是几座石山。

"喀斯特山区用地条件有限，要把这块不适宜居住的土地建成宜居的新城，只能反复测量、削峰填谷，新增千余亩建设用地，把洼地勾勒成湖，依山势建成一栋栋安置房。"晴隆县副县长封汪鑫说。

围绕就业就学就医，三宝街道配建了300亩产业园，已入驻9家企业提供3000多岗位，配套教育园区保障从幼儿园至高中"家门口入学"，两个医院方便"家门口就医"。

而包括产业用地在内，三宝街道规划建设面积1750亩，相当于再造一个晴隆老县城。通过易地扶贫搬迁，晴隆县城镇化率由搬迁前的

拼版照片：上图为2019年6月6日拍摄的贵州省晴隆县三宝街道阿妹戚托小镇新貌（无人机照片，新华社记者 杨文斌 摄）；下图为2017年搬迁前的晴隆县三宝彝族乡旧貌（无人机照片）。（新华社发）

28%提升至41%。

"十三五"期间，贵州实施易地扶贫搬迁188万人，95%以上实施城镇化集中安置。全省新建安置点946个，累计建成住房45.39万套，整体搬迁贫困自然村寨10090个，彻底挪穷窝、换穷业、断穷根。

"新市民"进城，刺激了城镇消费、就业、设施建设等方面的发展，大量劳动力向城镇集中，为贵州县域产业发展提供有力支撑，至2019年末，贵州城镇化率已接近50%。

高山坝区里描绘"产业图"

端午过后，贵州海拔最高的威宁彝族回族苗族自治县双龙镇蔬菜基地，农民们正忙着采收新鲜一季的西兰花。基地务工的100多名工人，大多都是来自周边乡镇的贫困户。

贵州新一佳农业发展有限责任公司技术员石家福说，过去这里种土豆或玉米，每亩年收益只有千把元。现在种上西兰花、莴笋、辣椒、荷兰豆、白萝卜等时令蔬菜，亩产值平均超过万元。

地处乌蒙山集中连片特困地区的威宁县，交通闭塞、高寒缺水，长期是贵州"贫中之贫"。然而，高海拔、低纬度、日照长、温差大，特殊"禀赋"蕴含新机。

脱贫攻坚，公路入云端、清水山上流，改变了边远贫困县的"方位"与"格局"，也让高原沃土渐渐"苏醒"。当地因地制宜发展蔬菜、水果产业，打造优质高山冷凉果蔬基地。

37岁的威宁县玉龙镇新寨村建档立卡贫困户何宪超，2019年易地扶贫搬迁到县城边的新区。"进城了，今后的生活靠什么？"看到县城边广袤土地的产业潜力，他邀约另外4名搬迁户共同创建合作社，承包400亩土地种蔬菜。

"很多搬迁户，特别是四五十岁的'弱劳力'都能在基地务工。有一份稳定收入，心里才更有底。"何宪超说，县里统一布局产业，土地、技术、市场都有政府给力支持，威宁果蔬正源源不断销往大西南、粤港澳和东南亚市场。

从高原荒坡到"云端"菜园，威宁的变迁，也诉说着贵州的探索。"八山一水一分田"的贵州土地零散破碎，农村祖祖辈辈种玉米，"样样都有，却样样都不成规模"。

2018年，贵州在脱贫决战中掀起一场"振兴农村经济的深刻的产业革命"，大力调减低效传统作物，重点发展蔬菜、茶叶、食用菌、中药材、辣椒、石斛、刺梨等12大特色产业，并"深耕"产业选择、培训农民、技术服务、资金筹措、组织形式、产销对接、利益联结、基层党建"八要素"。

乌蒙山区、武陵山区、滇黔桂石漠化区，高山与坝区交织的田野间，大地"调色板"不停地变幻着色彩。

河谷种樱桃，坡地种茶叶、中药材、刺梨，山上养牛羊，林下搞生态种植和生态养殖，坝区种蔬菜、辣椒、食用菌……

田野"变奏"让薄土"生金"，2018年、2019年全省农业增加值分别增长6.8%、5.7%，连续位居全国前列，两年间农村产业革命带动270多万贫困人口实现增收。

（新华社贵阳2020年7月24日电　新华社记者王丽、齐健、向定杰）

绿色小康路，
激活"美丽经济"

触摸幸福

留住乡愁留住美
——千村竞秀缀琼州

椰林掩映，黎风苗韵；青山落晖，渔歌唱晚……漫步在海南岛山间海边的一个个村庄，犹如身处一幅幅动人的画卷。

海南全省约80%的土地、60%的户籍人口在农村，"小康不小康，关键看老乡"。党的十八大以来，海南以美丽乡村建设为抓手，统筹推进脱贫攻坚、人居环境、生态治理、产业振兴。一大批生态美、产业兴、百姓富的美丽乡村示范村，正在成为海南新的"金名片"。

千村竞秀，各美其美

以前住"船型屋"，如今还是住"船型屋"，差别却是一个地下、一个天上。

走进保亭黎族苗族自治县什进村，48栋参照黎族传统"船型屋"设计的小楼错落有致，质朴自然的黄墙褐窗上，"甘工鸟"图腾等黎族传统文化符号平添乡情乡韵。

站在鲜花盛开的自家小院里，村民黄红英特别感慨。"槟榔木床石头灶，一根藤上挂衣裳。"10多年前从湖南远嫁至此，来自农村的她，也没见过如此贫困的景象。

"怕家里人担心，嫁过来好久都没告诉他们这里的情况。住进120平方米的两层小楼后，终于有了底气把娘家人接过来看看。"黄红英腼腆地笑着说。

近年来，什进村整村推进改造，村民从船型茅草房"跨进"船型小楼房，彻底告别"房破路窄、做饭烧柴、吃水靠抬、垃圾乱摆"的苦涩生活。凭借优美的生态环境和独特的黎族民俗文化，什进村也成为远近闻名的美丽乡村。

百花争艳百般姿，村村寨寨不同景。除了少数整村推进的村庄，海南因地制宜，聚焦农民生产生活痛点"开药方"。小尺度、融自然、留乡愁，一抹抹"点睛之笔"催化乡村之美。

图为海南省海南保亭黎族苗族自治县什进村以黎族"船型屋"为原型新改造的村民住房（2016年9月28日摄，无人机照片）。（新华社记者 杨冠宇 摄）

走进琼中黎族苗族自治县堑对村，三面环山，一面临水，田园牧歌如同世外桃源般。村委会副主任胡开君说，以前，这些"山水"却让村民吃尽苦头。

汛期来临时，村里外出唯一的石板桥被淹，上学的娃娃、干活的后生望河兴叹。有产妇临盆乘船渡河，没撑到对岸就生了。随着195米的大桥贯通，乡村公路、生产便道铺就，"一桥两路"让村民出入无虞。

出门水泥路，抬腿上客车。目前海南具备条件的20278个自然村全部通硬化路，2560个建制村全部通客车。

"农村建房不高过椰子树""门前三包"写进村规民约。从盼温饱到盼环保，走进小康的老乡自觉呵护海南生态底色。

可回收垃圾放在家等待统一回收；不可回收垃圾投放垃圾桶集中转运；有害垃圾送到村文化室的固定回收点……文昌市湖淡村依靠党员带头，村民踊跃参与，率先在全省实现了乡村垃圾分类。

前些年，看到村里垃圾遍地、污水横流，外出创业的湖淡村村民云天龙心急如焚。他和村两委一起商议，为村庄环境治理出谋划策、筹措资金、实施垃圾分类。短短三四年，湖淡村摆脱垃圾围村的困境，实现美丽"转身"。

截至2019年，海南建成816个美丽乡村示范村，2020年计划完成建设1000个。"美丽乡村建设范围、惠及面持续扩大，标准也将不断提升。"海南省农业农村厅副厅长赵英杰说。

美丽"变现"，业强民富

美丽乡村美在好生态、好风景，也美在岁稔年丰、业强民富的好光景。

石头房，石头墙，石头铺的街和巷……地处火山熔岩地区的海口市施茶村缺水、缺土，以前村民从石头缝里抠出巴掌大的土地种毛薯、地瓜维持生计。

"折腾" 20年，村支书洪义乾先后带领村民养鸽子、种蘑菇，最终都"水土不服"。

2015年，洪义乾考察发现种在石头上的金钗石斛效益颇高，适合遍地火山岩的施茶村。村民土地入股，龙头企业出资金、种苗、技术，如今村里石斛产业年产值超过800万元，带动上百名村民就业。

"从种植、深加工到旅游观光'接二连三'，我们走出一条人无我有的'点石成金'路。"洪义乾说，施茶村下辖8个自然村分别发展起火山玫瑰、富硒黑豆等特色产业，"一村一品，家家分红"不再是梦。

施茶村村民黄凤厉在火山石斛园清理杂草（2020年4月21日摄）。（新华社记者 郭程 摄）

　　白沙和琼中均地处海南中部生态核心区，因山高路远、贫穷落后曾无奈地被称为"一琼二白"。

　　从早到晚骑车沿街叫卖，白沙黎族自治县元门村村民符琼英以前常为"烫手"毛薯发愁。白沙推广标准化种植结合电商带动，粉糯甘甜的"元门毛薯"名声渐响，客户拓展到省城乃至岛外，价格翻了一番。从几户零散种植到全村种植200多亩、亩产值三四千元，"土疙瘩"成就了这个贫困村的脱贫大产业。

　　近些年，白沙打造全域农业公用品牌"白沙良食"，琼中推出"琼中畜牧"品牌，特色优质农产品畅销全国。"我们这养的山鸡供应保障过南极科考船'雪龙号'，南极科考队队员都吃过哩！"琼中黎母山镇党委书记吴祝江自豪地说。

　　宜农则农、宜游则游，美丽资源不断转化为美丽经济。

村民在海口施茶村内采摘荔枝（2020年5月16日拍摄）。（新华社记者 蒲晓旭 摄）

"过去村里卖几个椰子都难，现在村里有的小卖部一年能卖掉上万个椰子。"谈起村庄之变，三亚市博后村村民、民宿老板谭中仙感慨万千。

几年前，这个落后黎村"楼上住人、楼下养猪""村里姑娘远嫁外地"。2017年推进美丽乡村建设后，凭借紧邻亚龙湾的区位优势，村民纷纷通过自建自营或引入社会资本合作，开起民宿，迎进游客。2020年"五一"假期，博后村全村34家民宿、1000多间客房，平均入住率近90%，远高于同期周边星级酒店群。如今村民人均年收入达2.45万元。

2019年，海南省休闲农业接待游客1583.38万人次，营业收入30.8亿元；带动农户5.7万户，同比增长20.6%。绿水青山就是金山银山，真正成为海南美丽乡村的生动注解。

乡愁可寄，振兴可期

素有"一方水土三代功名"美誉，海南历史上科举考试功名最高者探花郎张岳崧故里定安县高林村古风浓郁。90%的民居是保存完好的清代建筑，七纵三横的巷道脉络清晰，村民笑称："就算探花郎回村，还能沿着石板路找到自己家。"

村庄的历史文化凝结成乡愁，代代传承的生活方式与人文肌理在美丽乡村得以延续。

走进中国少数民族特色村寨东方市报白村，民宅墙面绘着双鹿起舞图、农耕图等民族风情画，妇女席地而坐编织黎锦。2019年9月，55岁的村民符林早走进联合国教科文组织总部大楼，展示具有3000年历史的黎锦织造技艺。

黎族苗族歌舞队、黎锦传习所、苗绣工作室等在黎村苗寨落地生根，非物质文化遗产"活起来"，美丽乡村更有"精气神"。

仅以黎族传统纺染织绣技艺为例，目前海南掌握这项技艺的人数约1.3万人，是2009年的13倍；50多所学校开设黎锦技艺课程，先后有近万名学生参与学习。

返朴还淳、再立新风，共同守护美丽家园。在乐东黎族自治县，丹村的嬗变浓缩着一部文明乡风演变史。"通过负面教训让村民反思，懂得村衰的原因，以免重蹈覆辙……"《丹村志》记述的一段历史警醒后人。

21世纪初，丹村吸毒人员一度达70多人。2010年起，外出乡贤和村民捐款成立教育基金会，鼓励村里娃读书考学，编纂族谱、家训。教育兴村、文化兴村席卷丹村，"书香"驱散"毒魔"，丹村蜕变成"全国文明村镇""中国美丽乡村"。

近乡不再情怯，回得去的故乡有着看得见的未来。

2020年5月起，澄迈县慧牛品牌创始人蔡於旭有了新的身份：才存乡村振兴学院院长。返乡创业大学生一起在村里开课，为农民、创业者授业解惑，培养乡村振兴新农人。

"一个人能力有限，建设美丽乡村需要更多有乡愁、有抱负的年轻人扎根农村。"蔡於旭说。

近年来，澄迈县先后吸引2900多名大学生返乡创业，拉动创业资金近2亿元，带动就业近5000人。

留住乡愁，留住人才。人们相信，在新的历史征程中，海南的美丽乡村必将更美、更靓丽。

（新华社海口2020年7月18日电　新华社记者王晖余、罗江）

蹚出绿色小康路
——陕南秦巴山区的脱贫答卷

秦巴山脉绵延千里，横亘在我国版图中部。这里是我国贫困程度最深的地区之一，陕西56个贫困县中有29个地处这片山区。

美丽乡村星罗棋布，生态产业方兴未艾。往事越千年，山乡沧桑巨变。面对"留还是走"的选择题、"护绿兴业"的思考题、"如何发

图为2020年4月22日拍摄的陕西平利县老县镇蒋家坪村茶业现代示范园区。（新华社记者邵瑞 摄）

展"的问答题，陕南秦巴山区蹚出了一条守望绿色家园的小康之路。

搬离穷窝 做好去留选择题

趁着周末，汪敏早早起床为绿植浇水。窗外青山，烟雨朦胧。

自从9年前嫁到平利县老县镇东河村，汪敏就想逃离大山。屋后几亩玉米地，逢场暴雨便颗粒无收。路难行，老乡出趟门，背篓里尽是给邻居捎带的物件。吃水最愁，一条扁担、两个木桶，她要颤巍巍压在肩头，往返1小时山路去井里挑。雪天路滑，水桶还曾滚下山崖。

山硬石头趴、种啥不长啥。搬迁来到老县镇锦屏社区两年后，汪敏还会想起老家的这句话。山还在那里，但看山的心情迥异。住进三室一厅新居，因为用水方便，她还养上了绿植。社区工厂招人，她二

陕西汉阴县涧池镇紫云南郡社区居民在社区工厂内制作藤条椅（2020年7月24日摄）。（新华社记者 邵瑞 摄）

话不说报了名，每天送完孩子去上班，一个月收入2000多元。

曾几何时，走还是留，是山里人心头之惑。挪出穷窝，秦巴山区如此抉择。截至目前，平利县所在的安康市累计易地搬迁群众94.1万人，1364个安置点拔地而起。

在有1346户搬迁群众的锦屏社区，放眼望去，20多栋居民楼鳞次栉比，学校、社区工厂一应俱全。几年前，这里还是荒滩一片。

挪出穷窝难，斩断穷根更难。

"成为新市民，先要有事干。"汉阴县委书记周永鑫说，当地提出建好居委会、社区工厂、农业园区三大载体，一揽子解决就业生活难题。

紫云南郡社区1公里外，农业园区的蔬菜大棚里绿意盎然。"合作社统一管理、销售，上一季卖了9000多块！"搬迁户陈兴松忙着打理圣女果，"社区工厂也能打工，但农民还是爱这土地！"

宜工则工，宜农则农。在紫云南郡，3家社区工厂安置320人就业，流转来的1000亩土地建起农业园区，200多座大棚划归到户。

夜幕降临，热闹的广场舞在社区里跳起。陈兴松动作略显笨拙，但扭得格外酣畅。

护绿兴业 作答发展思考题

干了20年矿工的陈庆海，从没想过自己会回来。

挎着竹篮，他摘起木耳，动作麻利。身后50多座拱棚延展开去，与白云青山相映成趣。深沟中的商洛市柞水县小岭镇金米村，从未如此美丽。

游客在陕西商洛市柞水县小岭镇金米村的木耳展销中心内参观（2020年7月21日摄）。（新华社记者 邵瑞 摄）

金米村，一个有着美好名字的村落，寄托着农家种出金米的心愿。但山大沟深，事与愿违。"初中毕业我就下矿了，年轻人能走的都走了。"陈庆海说。

脱贫攻坚战打响，村里决定发展木耳产业。接到包扶干部电话，他忍不住反问："木耳过去就种过，富了没？"

小岭镇党委书记安怡深知缘由。"柞水柞树丛生，适宜木耳生长。但过去种木耳要大量砍树，生态被破坏，一年还只能采摘一次。加上没市场，群众哪有积极性？"

要想土里长金米，先得护好满山绿。金米村引进龙头企业建起年产2000万袋的菌包厂，以陕北苹果树的废弃树枝为菌包原料。发展温室大棚，引入大数据，使木耳生产智能化、可视化。

从传统的椴木木耳到菌袋木耳、吊栽木耳，不砍树了、生态好了，纯天然的木耳被推到网上销售，大受欢迎。

听说邻居家得了实惠，陈庆海也回村种起木耳，头一年就挣了3.5万元。曾经灰头土脸的他，现在皮鞋锃亮。

"借袋还耳"、园区就业、集体分红……柞水将全县6944户产业扶持户镶嵌在产业链中，户均增收5000余元，小木耳终成大产业。

路子找对了，沉睡的青山就能变成金山。

从平利县长安镇双杨村盘山而上，绕过30多道弯，眼前豁然开朗。茄子、黄瓜、西红柿种在平缓的山坡上。监控蔬菜生长的摄像头架于一旁，消费者打开手机，即使远在天边，也能通过公众号将这云端农场的景致尽收眼前。

荒坡变农场，美景云上观。双杨云端种植合作社负责人韩义过去在北京做厨师，如今回乡创业。"以往大家朝山外走，现在贫困户回来搞种植，在网上打销路。给县里供应都不够，还得上规模！"

高山蔬菜、精品茶园、富硒粮油……平利每年投入3000万元支持绿色优势产业，确保有发展能力的贫困户家家有增收产业、人人有技术指导。

人不负青山，青山定不负人。5年来平利累计减贫5.8万人，贫困发生率降至1.2%。双杨村的一面笑脸墙，定格了群众脱贫的喜悦。

美丽经济 回复"因山而富"问答题

靠山吃山，汉江支流乾佑河畔的柞水县朱家湾人最明白。但谈何容易？石里刨食，要先砍一片树林，放火一烧才能起肥。太陡的耕地上不去，刨个坑才有落脚处。

村民刘启文的媳妇王贤凤看不到头。打结婚起，夫妻俩就出门打工，但2001年的一场事故让丈夫瘫痪在床。最困难时她去工地搬砖，工头见女人太苦，常常多支个一二十元。可每次一领工资，她就得先给亲戚还债。

在王贤凤离家的日子里，朱家湾悄然发生改变。退耕还林启动后，郁郁葱葱重现，溪水从碗口粗渐成盆口粗。靠山吃山换了"吃法"：村里请来专业团队整体规划，县里投资4000万元发展乡村旅游。

靠着政府担保的5万元贷款，王贤凤回村了。从6张餐桌起步，她的"奉贤农家"声名渐起。"一到旺季就忙不过来，去年挣了4万多块！"说话间一批游客到店，她抄起炒瓢，顺手扔进几颗火红的辣椒。

山重水复的朱家湾，现有农家乐、高端民宿200余家，600多位村民吃上"旅游饭"。漫步村中，绿水环绕、炊烟袅袅，民居外墙上挂着的玉米串，透出一份富足安康。

白云深处有乡愁。曾走过伐木经济、挖矿经济弯路的陕南，用美丽经济作答"因山而富"考题。

山水掩映中，位于石泉县中坝作坊小镇的一家家"创客店"前，写生的大学生沙沙走笔，将小桥流水绘入画中。

这座有72户搬迁群众的社区是当地打造的"72行作坊"，木工、陶艺、藤编等传统手艺被搬入风格统一的民居。搬迁户重拾老物件，操起普通话，化身"守艺人"。每到假期，游客纷至沓来。

有矿不挖矿、发展全域旅游、布局蚕桑产业……安康市委常委、石泉县委书记李启全说，山清水秀是最大卖点。坚持"生态经济化、经济生态化"，石泉2019年接待游客650万人次。

八山一水一分田的汉阴，不吝把最金贵的川道留给绿色产业。养在深闺的富硒魔芋、富硒茶经过专家指导渐成品牌。2019年，安康富硒食品产业实现产值544.3亿元，居全市六大支柱产业之首。

青山为证。从一方水土难养一方人，到乐享山水安居兴业。绿水青山终成金山银山，一幅幅小康的大美画卷，正在秦巴深处徐徐铺开……

（新华社西安2020年8月25日电　新华社记者陈晨、李浩、徐希才）

绿染云岭小康路
——生态文明建设的云南实践

七彩云南，绿为底色。被誉为"植物王国""动物王国""世界花园"的云南是我国重要的生物多样性宝库和生态安全屏障。

全面建成小康社会征程中，云南坚持生态优先、绿色发展，像保护眼睛一样保护生态环境，打造绿色产业，倡导绿色生活方式，探索绿色小康之路。

保护绿色生态，让天更蓝、地更绿、水更清

洱海之滨，大理市古生村。村民祖祖辈辈临湖而居，"靠水吃水"。但53岁的村民何利成表示，他这"靠水吃水"的路，经历了不少坎坷。

第一次是1996年，洱海取缔机动捕捞。他买的新机动船用了三年就报废。第二次是2000年，洱海取缔鱼塘。他承包的18亩鱼塘也在其列。

到了2015年，环洱海旅游兴起。在外养鱼的何利成嗅到商机，回家把自己的宅院改成了民宿，"刚开始那两年，游客爆满。"

谁知好景不长，针对洱海沿岸客栈餐馆"野蛮生长"，2017年3月当地政府痛下决心，对洱海流域2400多家客栈餐馆按下"暂停键"。这轮整治中，何利成的民宿被拆掉191平方米，2019年客流才恢复正常。

"从短期看，我们付出了牺牲，但为了保护洱海，这些牺牲是值得的，而且从长期看肯定不会吃亏。"何利成想通了这个理儿。

如今，洱海水质保持二类到三类，湖水更加干净清澈。他趁着整治的契机，把保留下来的民宿升级了一番，人气越来越旺。

洱海是云南生态保护的一个缩影。近年来，云南坚持生态优先、绿色发展，打好蓝天、碧水、净土三大保卫战，实施天然林保护、退耕还林还草等重大生态工程，努力建设"中国最美丽省份"，争当生态文明建设排头兵。

与何利成"靠水吃水"相似，37岁的李小波曾经"靠山吃山"。

他家原来在怒江傈僳族自治州福贡县托坪村，高黎贡山的半山腰上。以前村里耕地都种着玉米，房前屋后、陡坡峭壁，有土的地方就有人抢着种。问题是，"陡坡耕种"不仅收成很低，还导致水土流失和生态恶化。

"现在，山上的地都退耕还林了，种上了核桃、茶叶和草果。"李小波说。2019年春节前，他和村里160余户一起搬进了怒江边的安居房。他妻子在扶贫车间务工，自己则被选聘为护林员，职责就是巡山护林。

退耕还林后，托坪村逐渐"消失"，与高黎贡山的绿色融为一体。

彩云之南，天更蓝了、地更绿了、水更清了。全省地级以上城市的空气优良率保持在98%左右，稳居全国前列；森林覆盖率逐年攀升，

图为2020年9月3日拍摄的云南省大理市古生村村貌与洱海风光（无人机照片）。（新华社记者 胡超 摄）

2019年提高到62.4%；以滇池、洱海、抚仙湖为重点的九大高原湖泊水质总体向好。

发展绿色经济，因地制宜打造"三张牌"

滇池之畔，昆明市斗南村。30多年前，村民化忠义在自家的田里栽下一批剑兰，种出上市销售的鲜花，开启了云南花卉产业的序幕。

他不曾料到，斗南这个名不见经传的小村庄日后将崛起为"亚洲花都"。

"中国市场上，每10枝鲜切花就有7枝来自昆明。"云南斗南花卉产业集团企划运营总监董瑞颇为自豪。斗南花市已成为亚洲最大、全

昆明市晋宁区韩家营村村民王翠英在当地一家鲜花加工企业打理鲜花（2020年8月19日摄）。（新华社记者 孙敏 摄）

球第二的鲜切花交易市场，2019年鲜切花交易量达92.31亿枝，交易额74.36亿元。

鲜花铺开了云南数十万户花农的致富路。在昆明市晋宁区韩家营村4组，绣球花开得正好，姹紫嫣红、花团锦簇，一幅美不胜收的图景。小组长韩刚是村里最早引种绣球花的，他家种了20亩绣球花，每年纯收入约80万元。

2020年新冠肺炎疫情对花卉产业造成不小冲击。韩家营的绣球花也一度滞销。脑筋灵活的韩刚请来网红直播团队，举办了一场网络直播卖花，两天卖掉鲜切花10万多枝、盆栽6万多盆，销售额超过150万元。

作为年轻一代花农，他雄心勃勃："我想把韩家营打造成'最

花商在中国云南昆明斗南国际花卉拍卖交易中心内竞拍各种鲜花（2019年2月12日摄）。（新华社记者 胡超 摄）

美绣球村'，使村民种花的路走得更远，把更好的花卉奉献给全国消费者。"

鲜花是云南绿色经济的一张名片。绿水青山如何变成金山银山？云南提出，全力打造"三张牌"——绿色能源、绿色食品、健康生活目的地，让绿色成为云南产业转型升级、经济高质量发展的鲜明底色。

滇川交界的金沙江下游，乌东德、白鹤滩两座大型水电站正如火如荼建设。2020年6月底，乌东德电站首批机组投产发电，为国家"西电东送"增添了新的电源。以水电为主的能源产业，已跃升为云南第一大支柱产业。

在通海县高原农产品公司冷库基地，几十名工人忙着搬菜、分拣、套袋、装箱、入库，满载蔬菜的冷藏车鱼贯而出，奔向国内各大城市，还走出国门至老挝、越南、泰国。"我们这儿蔬菜一年能种4茬，菜农一年到头忙得很呢！"菜农岳术说，她家种了3亩多蔬菜，年利润10万元以上，靠种菜就盖起了四层楼房。

抚仙湖畔的澄江市小湾村，依山傍水，风景甚好，一座座爱琴海风格的精品民宿掩映在湖光山色中。虽然房价与附近的希尔顿酒店相当，这里的民宿仍一房难求。民宿老板方思友说："短短两年小湾就这么火，显示了抚仙湖旅游业的爆发力。"

倡导绿色生活，低碳环保渐成新风尚

推广新能源汽车是云南倡导绿色生活的一个案例。践行简约适度、绿色低碳的生活方式，反对奢侈浪费和不合理消费，开展绿色家

庭、绿色学校、绿色社区、绿色商场等创建活动……绿色生活，在云南渐成新风尚。

都说"由奢入俭难"，蒙自市民李艾蓉却说，其实也没那么难。她把价值几十万元的奔驰燃油车卖了，换了一辆两座的宝骏新能源车，补贴后价格不到4万元。在她鼓动下，一位同事也换了同款新能源车。

"价格便宜，使用成本低，停车方便，节能环保……"说起新能源汽车的好处，李艾蓉一口气说出一长串。她和同事甚至约好，每次上班都把车停在同一个车位上，因为车型小巧，刚好各占半个车位。

她还算了一笔账：这款新能源车一次充满电只要16元左右，能跑250公里，每个月算下来，充电费不到100元。原来的燃油车排量大，

一名工作人员在北汽昆明基地检查新能源汽车充电口（2020年8月18日摄）。（新华社记者孙敏 摄）

每个月加油就要五六百元，保养费用也高，而使用率却不高。

"越来越多的人消费观念、生活方式发生了改变。"李艾蓉说，以前，人们普遍认为，开豪车是身份地位和生活品质的象征，攀比之风严重；现在，新能源车越来越受到消费者认可，绿色出行成为很多市民的自觉选择。

加快推广新能源汽车，云南在行动。新建充电设施，发放购车补贴，降低使用成本……2020年8月，云南发布新政策，明确到2021年底前新建各类充电桩20万枪，在公务用车和公共领域推广不少于3.5万辆新能源乘用车。

在迪庆藏族自治州，走进任意一家宾馆、商店或农贸市场，几乎见不到塑料袋。这场"禁白"行动在当地已持续20年，有效消除了白色污染，保护了雪域高原。使用菜篮子、布袋子或环保袋，已成为市民游客的行动自觉。

滇池海埂公园里，绿树成荫、空气清新，一条专用步道吸引了大量跑者享受奔跑的乐趣。每天清晨，63岁的大爷薛青松都专门到海埂公园，一边跑步，一边享受滇池美景。在上合昆明国际马拉松、"秘境百马"等赛事带动下，昆明成千上万的人加入跑者行列，"马拉松热"方兴未艾。

（新华社昆明2020年9月6日电　新华社记者伍晓阳、字强）

绿色绘就三江源

——来自青海脱贫奔小康一线的蹲点报告

巍巍的阿尼玛卿白雪皑皑，清清的黄河水安静流淌。青海作为黄河、长江、澜沧江的发源地，守护"中华水塔"生态安全责任重大。

守护绿色、依靠绿色、追梦绿色，从"一步跨千年"的美丽蝶变，到"走向小康生活"的执着信念，绿色发展实践正在三江源头生根发芽，结出致富硕果。

以"绿"生"金"

站在高处俯瞰位于青海省海南藏族自治州共和县塔拉滩的光伏产业园区，600多平方公里的土地宛若披上一层蓝色铠甲，一排排太阳能电池板在阳光下熠熠生辉。

这里是我国最大的光伏发电基地。"过去，塔拉滩光秃秃一片，风沙也大。光伏电站建起来后，草慢慢长起来了。"共和县铁盖乡牧民向占奎说。

青海省海南藏族自治州共和县塔拉滩光伏电站（2020年8月7日摄，无人机照片）。（新华社记者 张龙摄）

荒漠里种"太阳"，贫困群众喜添"阳光收入"。距共和县城约3公里的廿地乡切扎村，生态管护员仁青加每月有1800元公益性岗位工资。"都是发电发来的钱！"驻村干部李军告诉记者，本村的村级光伏扶贫电站就建在光伏产业园，2018年底并网发电后，已累计收入28.6万元，其中80%用于设置公益性岗位，剩下的用来发展村集体经济。

目前，青海全省光伏扶贫规模已达到721.6兆瓦，清洁能源以"绿"生"金"，实现了1622个贫困村村均290千瓦全覆盖，村均年度收益达到30万元左右，收益期长达20年。

电网"从天而降"，打破了高原苦寒之地世代无法用电的困境。青海省果洛藏族自治州玛多县素有"黄河源头第一县"之称，平均海拔超过4500米。来自玛查理镇噶丹村的47岁藏族妇女康吉感叹生活巨变，过去在冰冷刺骨的河水里洗衣裳时，她从未想过洗衣机能带来这么多方便。

以前，住在扎陵湖畔尕泽村的康吉一直过着照明靠酥油灯、做饭取暖靠牛粪的游牧生活，家里仅有的"电器"是一把手电筒。

2016年9月，国家电网有限公司果洛联网工程顺利竣工，玛多县终于接入稳定、可靠的大电网。2019年，康吉一家通过易地搬迁，搬进了县城，家里也用上了电视机、电冰箱和电灶。

以"绿"促"绿"

清晨，年保玉则山下的草场晨雾弥漫。生态管护员尼玛裹上厚实的藏袍，戴着红色袖套，骑上摩托开始巡山。

位于青海省果洛藏族自治州久治县的年保玉则山地处三江源自然

在三江源国家公园黄河源园区，果洛藏族自治州玛多县扎陵湖乡生态保护站勒那村生态管护队第七组的队员在鄂陵湖畔捡拾垃圾（2018年12月2日摄）。（新华社记者 张龙 摄）

保护区核心区，尼玛家就在山下的索乎日麻乡索日村。"环境保护好了，山就会一直绿，水就会一直清，天就会一直蓝。"尼玛一手拿着装垃圾的麻袋，一手拿着铁钳。"我负责调查、记录保护区内野生动植物的变化，也巡查盗猎盗采情况。"

靠山吃山，靠水吃水，如今山下牧民却换了"吃法"。放下牧鞭守护绿色，4年间，尼玛或步行或骑摩托每天巡山3小时，两天走遍1000亩草场。每月2000元的工资让尼玛一家有了稳定收入，更坚定了他守护家园的决心。

如今，在广袤的三江源地区，活跃着1.7万名生态管护员。他们依靠生态扶贫资金让三江源区满眼绿色，也将朴实的环保理念传递给更多人。

在青海省果洛藏族自治州玛沁县雪山乡阴柯河村，当地牧民关却卓玛在阴柯河牧委会日赛牧女环保小组活动照片墙前留影（2020年8月20日摄）。（新华社记者 张龙 摄）

"你看，这是2018年4月15日拍摄的，那天我们捡了十几袋垃圾。"照片上的环保志愿者关却卓玛头系围巾、身着棉服，正在捡拾垃圾。

海拔3600米的青海省果洛州玛沁县雪山乡，地处阿尼玛卿雪山脚下。2011年前后，关却卓玛发现村民倾倒在路边和山沟里的生活垃圾越来越多。虽文化程度不高，但她却意识到"这样下去不行"。在她号召下，7名妇女和她一起开始捡拾垃圾。

"这里是三江源，做这件事很有意义。"关却卓玛的丈夫吉太才让负责运送垃圾，几年来从无怨言。在他们带动下，越来越多的人加入进来。2016年，雪山乡阴柯河牧委会日赛牧女环保小组正式成立。

多年来，38名妇女在4平方公里的土地上开展志愿服务，人均服务

192个小时。"'日赛'，藏语意为'新的一座高山'。我们希望阿尼玛卿雪山永远圣洁。"

20世纪90年代末，玛沁县格多草原上硕大的老鼠东奔西窜啃食草根，黑土滩上牛羊无草可食。2000年，多旦当选玛沁县大武乡格多村主任。"要能把黑土滩治理出来，就给村民办了一件大好事！"他带领村民，开始了漫漫种草路。

从在一小片黑土滩上撒下草籽却盼不来一棵草芽，到变卖自家牲畜筹措资金种下1400亩高原燕麦草，他们不知道进行了多少次试验。直到有一天，一株株嫩草开始在试验田里生根发芽。

如今，格多村合作社统一种植三种草：披碱草、中华羊茅、冷地早熟禾，近11万亩秃山荒原已披上绿衣。眼前的多旦已68岁，他身材魁梧，走路带风。"希望不辜负养育我的草原，为子孙留下绿水青山。"

以"绿"奔富

"大家看看我手里的这款牛肉干，肉质紧实，纹理清晰，虽然价格有点高，但绝对和你们平时吃到的不一样……"青海省海南藏族自治州兴海县电子商务服务中心网络主播洛家太手持当地生产的牦牛肉干，手机屏幕上不断滚动着网友留言。

牦牛肉干、藏红花、黑枸杞、牦牛奶，在青海省海南藏族自治州兴海县电子商务服务中心，特色农畜产品通过线上线下销售富了牧民口袋。服务中心主任王宁介绍，自2019年11月以来，仅牦牛奶已销售21吨，帮助1483户贫困户增收超过15%。

　　青海地处青藏高原，被公认为是世界四大无公害、超净区之一。凭借优质资源禀赋，青海大力发展牦牛、藏系羊、青稞、冷水鱼等"青字号"特色生态产业，让绿色有机农畜产品助力农牧民走上小康路。

　　在青海省黄南藏族自治州泽库县和日镇吉龙村，26岁的藏族青年扎西东知正在给羊毛被进行压花绣图，10分钟可以绣好一床，一天下来能绣30床。

　　吉龙村是牧业村，255户牧民入股生态畜牧业合作社，合作社里3000多只藏系羊为生产纯羊毛被褥提供优质原料。"2019年，合作社羊毛被褥的纯收入达31万元，77户贫困户得到了分红。"合作社理事长多吉杰布从没想过土生土长的藏系羊能带来这么多收入。

　　牛粪可以烧火做饭，可以砌围墙，可以煨桑。"可沉积在牛圈底层

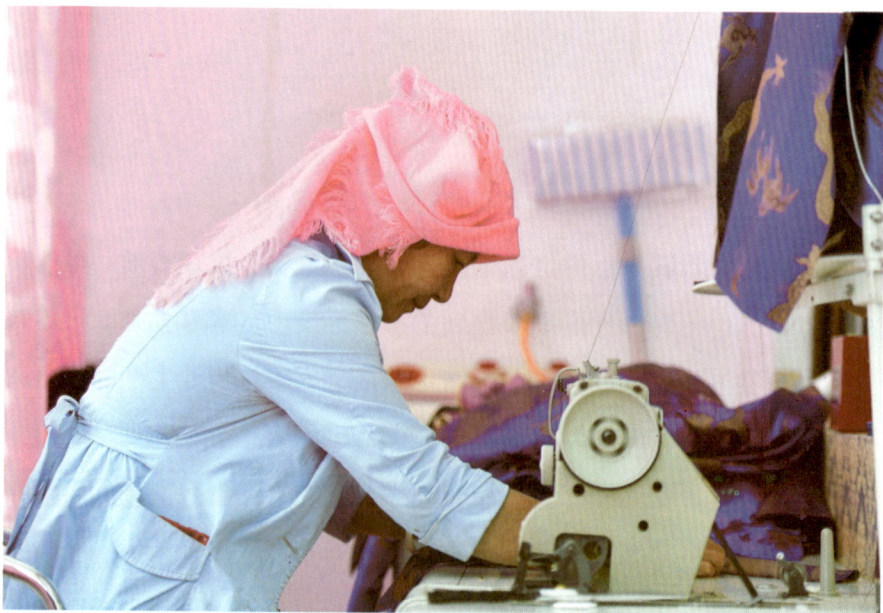

在青海省海南藏族自治州共和县廿地乡切扎村，村民尕么吉在缝制藏装（2020年8月17日摄）。（新华社记者 张龙 摄）

的牛板粪有什么用？"青海省天空牧场生物科技有限公司总经理才让加时常想起，当初乡亲们双手插在羊皮袄的袖筒里、小声嘀咕的样子。

"以牛板粪为原材料生产的有机肥，现已广泛应用在人工种草、黑土滩治理、草场恢复中。"才让加说。青海是我国五大牧区之一，每年可提供约1500万吨有机肥原料。2019年，果洛州久治县整合援建资金1700万元，在智青松多镇新建公司生产有机肥。截至目前，公司有机肥订单接近1万吨，初步估算可实现年产值800万元以上。

"这一袋能卖8块钱，去年光卖牛板粪就挣了3000元。"久治县索乎日麻乡章达村牧民班巴高兴不已。草场茂盛了，载畜量必然升高，牧民的腰包也渐渐鼓了起来。

（新华社西宁2020年9月13日电　新华社记者顾玲、白玛央措）

黑土地上是我家

——在吉林，一瞥中国东北乡村美丽未来

　　松嫩平原，沃野千里，一派郁郁葱葱，正是粮食作物长势最好的时节。一座座美丽的乡村点缀其间，它们是许多人的故乡，如今，也成为许多人安身创业的新家园。

　　新华社记者近日在吉林省走访田野山村，见证"绿水青山就是金山银山"理念在白山黑水之间的生动实践。黑土地上，一个个美丽富饶的新农乡，正徐徐而来。

因农而兴，因农而美

　　第一次踏进吉林市昌邑区大荒地村的外地人，常会这样感慨：道路干净整洁，鳞次栉比的现代农居矗立两旁，和现代化城市小区别无二致。

　　宽敞明亮的两居室里，50岁的村民麻钢英把屋子收拾得整整齐齐。窗外，绿油油的稻田尽收眼底。"好多人见了我都问，皮肤咋变好了？"麻钢英腼腆笑着，"以前种地风吹日晒，如今机械化作业，劳作少了，人也变年轻了。"

在吉林市昌邑区大荒地村，工作人员在东福米业现代农业信息化监视指控中心通过监控系统查看稻田情况（2020年8月13日摄）。（新华社记者 许畅 摄）

肥沃的黑土地，在吉林孕育出“黄金玉米带”“黄金水稻带”。农业“活”起来，村民富起来，村子美起来……

现代化农业生产方式给乡村带来巨大变化。稻田里，摄像头清晰记录着稻子长势；屏幕上，农作物生长数据一目了然；车间里，优质大米被封装、储存……大荒地村与村里致富带头人刘延东创办的东福米业实行村企共建，集中流转土地，农民入企工作，每户年收入能达到10万元。这座曾因大片荒草甸而得名的村庄，如今富足又美丽。

大安市永强村的农户大院里，一簇簇万寿菊花开正艳，把村子打扮得五彩斑斓。“种花采摘，一年能赚3000多元。”村民姚井珍说。

大安市地广人稀，许多农户守着半亩大的院子。“一亩园，十亩田”，当地发展“庭院经济”带动村民奔小康。家家户户的大院子里种上红辣椒、豆角、万寿菊等经济作物，“灰头土脸”的院子，变得

在吉林省大安市太山镇，军之光农业种植家庭农场负责人武立辉查看黄菇娘果实成熟情况（2020年7月23日摄）。（新华社记者 张楠 摄）

色彩缤纷，"紧紧巴巴"的日子，也变得宽裕富足起来。

美丽乡村千姿百态，致富道路各有不同。

山坡丘陵多，索性种起杂粮杂豆，酿起高粱酒，养起"生态猪"——这是舒兰市三梁村的致富路，在村党支部书记李林森的带动下，村里集体经济越来越充实，昔日破旧的村子，如今已成当地中小学研学基地，孩子们在这里认五谷、学知识。

人均耕地少，建起棚膜蔬菜园区，在大棚里种植反季节蔬菜——这是永吉县兴隆村"兴隆"的秘诀。现代化大棚里，新鲜时蔬茁壮生长。富起来的村子，村容村貌大变样，凉亭、广场、活动室一应俱全，干净整洁。

吉林省的美丽乡村建设，离不开一个"农"字，美丽的背后，是农业的兴旺、农民的小康、农村的富强。大珠小珠落玉盘，因农而兴的美丽村庄点缀在黑土地上，展示着东北乡村的未来。

美丽乡村不"寂寞"

一场细雨过后，山色愈发朦胧，湖水碧波荡漾，花海延伸至远方，阵阵微风吹来，令人心旷神怡。如此美景，是小山村的"日常"。这个位于吉林省敦化市的村庄，因作家张笑天笔下的《雁鸣湖畔》而为人所知。

以前，小山村可不是这样，交通不便，环境脏乱，村民收入不高。村民卢秀芹掰着指头算了笔账："半年种地半年闲，一家也就挣个两万多元。"

东有长白山层峦叠嶂，中有黑土地沃野千里，西有草原湿地覆盖……生态是吉林的比较优势。白山黑水间，众多乡村依托绿水青山发展生态产业，潜力巨大。

青山环抱，绿水相依，是雁鸣湖镇小山村奔小康的"底气"。"咱要发展生态旅游。"村党支部书记史学良动员大家。2016年，村里成立合作社，修路、建景点、发展观光项目。

雁鸣湖畔自此热闹起来。卢秀芹的生活也忙碌起来。每天，她负责十几栋集装箱民宿的整备工作，还兼职卖门票。"花海门票20元""住宿一晚200到300元""能吃能玩能划船"……咨询电话响起，卢秀芹对答如流，"虽然忙，但心里乐，年收入翻了三倍。"

美丽的乡村，让村民过上了美好生活。

图为长春莲花山生态旅游度假区发展农业
观光旅游打造的花海景观（2020年8月22日
摄，无人机照片）。（新华社记者 许畅 摄）

　　长白山脚下的抚松县锦江木屋村，木头墙、木烟囱、木栅栏……依山而建的村落保存有完整的满族古木屋建筑群，像是一幅天然水墨画。游客们三三两两转悠在村里，或端详远处山景，或察看木屋结构，兴致勃勃。

　　谁曾想，这片长白山区保存最为完整的古木屋建筑村落，几年前还是一片"人稀屋空"。年轻人外出打工，木头房子没人住，是个"不稀罕"的物件儿。当地依托生态优势打造乡村游，村民成立旅游专业合作社之后，有的农家乐一年能赚十多万元。

　　从长白山下到松嫩平原，黑土地上的众多乡村发展起农业观光，在美丽中奔向小康。

　　白天，被苗木覆盖的丘陵上一片翠绿，村道上游客络绎不绝；夜里，精心设计的灯光布景璀璨夺目，木栈道的灯带向远方延伸。在长春市九台区清水村，苗木花卉休闲旅游观光产业园成为周边市民的"观光胜地"。清水村党总支书记单海龙说，村里依托良好的生态禀赋成立种植专业合作社，带动当地农民就业5万余人次，创收500余万元。

　　美丽的乡村，正变得越来越热闹。如今，吉林省休闲农业经营主体超过4000个，2019年全省乡村旅游接待游客近5000万人次，收入近290亿元。

清新乡风润田园

　　美丽乡村离不开环境支撑，吉林省坚持抓农村人居环境整治，各级财政累计投入超过11亿元，众多生态美、生活美的宜居乡村，在黑土地上花开正艳。

永吉县歪头村的农家院，曾经因为村容环境差让村干部揪心。杂物、柴草垛和泥土混在一起，晴天一身土，雨天一脚泥。"农村不就是这样？"——许多农民习惯了杂乱，不愿意改变。

住得脏兮兮，咋能算小康？村干部多方开拓社会资源，终于筹来1万块红砖，可以在村民庭院铺设硬质地面，改善居住环境。

红砖可不是随便领。村干部号召大家，先把卫生清理好，才能领红砖，先到先得。"一嗓子下去"，家家户户开始清理垃圾、收拾院落。两个多月过去了，脏乱的院子变了模样，房前屋后干净整洁，家家院里铺满了红彤彤的地砖，喜庆别致。村民们都说，干干净净住着更舒服。

吉林的乡间，正吹来徐徐新风。许多村庄配备了小型磁脉冲矿化生活垃圾处理器，生活垃圾统一收集处理；流经村庄的河道配备了保

图为在吉林省珲春市敬信湿地附近拍摄的迁徙候鸟（2020年3月3日摄）。（新华社记者 许畅 摄）

洁员，定期清理河道垃圾；党组织带头发动村民，大家合力整治居住环境……脏乱的乡村，换了模样。

乡村富了，村容村貌变了，乡风乡俗也越来越文明。

前段时间，白城市通榆县复兴村村民林清艳着实高兴了一阵。在村里的"干净人家"评比中，林清艳家上了榜，还得了一台洗衣机。走进林清艳家，院里干干净净，家具亮堂堂，"干净人家"名副其实。

小小的评比，激发起乡村群众的"精气神儿"。在清水村，"致富兴业星""院貌整洁星""孝老爱亲星""志愿服务星"等"明星"评选热热闹闹。每到评比时，家家户户都参与进来，谁都不愿落后。

美丽家园建设，人人有责，人人尽责。在镇赉县，村民们创新推行村规民约积分制，根据村规民约为农户的表现赋分，农户每月可根据分值到村委会领取奖品；在珲春市，村民说事点成了乡里乡亲沟通交流、解决矛盾的平台，大家一起为村屯发展建言献策……

如今，吉林"美丽庭院、干净人家"已经达到20万户。清新的乡风，正从田野吹来。

（新华社长春2020年9月16日电　新华社记者陈俊、褚晓亮、段续）